Ida

Susanna Schwager

Ida

Eine
Liebesgeschichte

Alle kursiv gedruckten Textstellen
stammen nicht von der Autorin

Alle Rechte vorbehalten, einschließlich derjenigen des auszugsweisen Abdrucks und der elektronischen Wiedergabe

© 2010 Wörterseh Verlag, Gockhausen

Lektorat: Claudia Bislin, Zürich
Korrektorat: Andrea Leuthold, Zürich
Umschlaggestaltung: Thomas Jarzina, Holzkirchen
Layout, Satz und herstellerische Betreuung:
Rolf Schöner, Buchherstellung, Aarau
Druck und Bindung: CPI books, Ulm

ISBN 978-3-03763-017-4

www.woerterseh.ch

Diese Geschichte wurde gewissenhaft erfunden
vom Leben und von »mir«.
»Ich« wurde liederlich gemacht
vom Leben und dieser Geschichte.
So fügt sich eins zum andern
und um die Wahrheit herum,
die allein und dort ist,
wo Gott hockt.

Für H
Für Nichts
In Liebe

»*Aus nichts wird nichts.*«

Lukrez
(römischer Gelehrter, der vergeblich
einen Liebestrunk nahm, dem Wahnsinn verfiel
und sich tötete)

»*Auch ein Nichts kann etwas werden.*«
Hans Krüsi
(verhaltensauffälliger Habenichts,
blumenpflückender Wanderer zwischen Welten
und einer der schöpferischsten
Geister der Ostschweiz)

Inhalt

Amen *11*
Todes unseres Stunde der in und jetzt *13*

I Heiliger Strich *27*
Sünder arme uns für bitt *29*
Gottes Mutter, Maria heilige *49*
Vermehre Glauben den uns der, Jesus *56*
Stärke Hoffnung die uns in der, Jesus *75*
Entzünde Liebe die uns in der, Jesus *85*

II Örlikon *93*
Leibes deines Frucht die ist gebenedeit und *95*
Weibern den unter gebenedeit bist du *104*
Dir mit ist Herr der *130*
Gnade der voll, Maria *155*
Du seist gegrüsset *176*

III Käferberg *195*
Amen *197*

Nachbemerkung *213*
Dank *214*

Amen

Todes unseres Stunde der in und Jetzt

Frau, hier siehe deinen Mann. Mich dürstet«, sagte Johann, richtete die Borsten seines Schnäuzchens über den schönen Lippen zum Himmel und starb. Es war ein gewöhnlicher Dienstag, es regnete. Er sagte es nicht im Thurgauerdialekt wie sonst, wenn er im Zürcherhof, in der Metzgerhalle oder im Rosengarten in Örlikon eine Stange bestellte, »I ha Torscht, Maiteli!«. Er sagte es, passend zum Moment, in noblem Deutsch, wie es die Bibel kann. Schon seit ein paar Tagen hatte Johann ausschließlich hochdeutsch gesprochen, obwohl er sich sonst immer schwer damit tat. Außer beim Beten geriet ihm kaum ein gerader Satz in Hochdeutsch, zeitlebens. Das war auch nicht nötig; wo Johann war, redete keiner gedrechselt. Jedoch die letzten Tage waren anders. Sein Hirn klappte Fensterladen um Fensterladen zu, öffnete aber, als genieße es nach achtundneunzig braven Jahren einen Schabernack, das verklemmte Schubfach, aus dem dieses hochnoble Schriftdeutsch kam.

»Amen. Todes unseres Stunde der in und jetzt.«

Auch das Gegrüßt konnte Johann in den letzten Tagen wie noch nie. Rückwärts nämlich, ohne zu stocken.

Ansonsten lag er ruhig hingestreckt, die Augen geschlossen, den Mund lcicht geöffnet und sehr leer, ohne einen einzigen Zahn und ohne Prothese, die großen Lippen trotzdem voll, und um ihn her schwebte der Geruch, wie er immer um ihn war, Sand, Metall, Papier, wasserreiner Schweiß, Amsterdamer Tabak, Bierschaum und hartgedörrte Birnen. Dieser Geruch blieb, leise, obwohl Johann sich seit Tagen nicht mehr regte, weder rauchte, nicht trank noch aß und außer dem heiligen Deutsch auch nichts mehr sagte. Einzig das Pfeifchen streckte er ab und zu in die Luft, damit man die Flasche daranhalten konnte, wenn man wollte. Wenn nicht, ließ er es laufen, und mir scheint, er lächelte ein wenig dazu. Kein graues Haar stach aus dem Gekräusel hervor, wie festzustellen war; bis zuletzt wurzelte sein greises Schnäbi in einem hellbraunen Fell, nicht im Geringsten wüst.

»Warum blagst du mich, Ida?«

Er mochte es nicht, wenn man ihn umbettete, was Ida gar nie tat. Sie saß am Fenster im goldenen Sessel mit den edlen Fransen und schaute über den Ententeich des Käferbergheims auf das Industriequartier hinunter und in den ewigen Schnee in der Ferne, seit Jahren. Klein war sie geworden, der Veloursthron, in dem sie so viele Jahrzehnte verbracht hatte, war immer mehr gewachsen, der kunstvoll geflochtene Haarknoten auch, zu schwer für die Gestalt und mit den Jahren mehr und mehr in Auflösung, wie alles. Das Murmeln aus ihrem Mund rann wie ein bald versiegender Bach – »und gebenedeit ist die Frucht Deines Leibes, Jesus, der für uns in der Wüste von Satan versucht worden ist« –, und stets schlängelte die Kette mit den schwarzen Perlen über ihren Schoß, hoffnungsvoll, aber ewig in sich selbst gefangen im endlosen Ringelröselikranz.

Immer schon hatte das schwarze Kreuz in Idas Schoß gelegen. Und obwohl sie sich jetzt keinen Moment außerhalb des Gebets geregt hätte, schob ihr Johann dieses »Blagen« entgegen, mit weichem B, fast zärtlich. Idas Mümmeln brach deshalb nicht ab. Wie immer stockte es nicht. Es stockte keinen einzigen winzigen Moment.

Johann war unterschätzt worden, zeitlebens. Jetzt lagen seine Ohren neben den zerbrochenen Augen auf dem Kissen und erinnerten an die zur Wandlung geöffneten Hände eines Priesters, obwohl er in Kirchen stets am Rand stand, der Messe diente und Opfer sammelte. Sie lagen groß, hingebungsvoll und ein wenig müde bei ihm, als seien sie beim Abschiedwinken plötzlich eingeschlafen.

»Mutter, ich glaube, er ist jetzt gestorben«, sagte meine Tante.

»Ja meinst?«, sagte Ida, humpelte am schwarz lackierten Stock zum Bett, die andere Hand auf der ewig wehen Mitte, das Gesicht wie immer ohne schmerzreichen Ausdruck, und zupfte die Decke über Johanns Füße. Diese Füße waren lang, sogar für Johanns Gestalt, sie waren erstaunlich platt und standen in einem stumpfen Winkel von ihm weg, wie die Ohren. Ein wenig wie Dielenbretter in einem Abbruchhaus staken sie aus der Matratze hervor, vom Übrigen weggefallen, aber längst noch zu allem bereit, furchig, fein gescheuert und unvergänglich fast.

Johann war sein Leben lang Fußgänger gewesen, er hatte nie Auto fahren gelernt. Wanderungen konnten die Welt verändern; Johanns Welt jedenfalls hatte sich stets verändert, indem er zu Fuß aufgebrochen war. Er wanderte in wenigen Gegenden viel herum. Zuerst hinter sieben Bergen im Thurgau, von Ifwil nach Bichelsee dem Seebach nach, wo auch die Aale wanderten. Einmal der Murg entlang von der Iddaburg hinunter nach Itaslen, am Grab der heiligen Idda vorbei, eine ganze Nacht lang, die sein Leben in eine andere Richtung zwang wie später keine Wanderung mehr. Dann von Bichelsee nach Örlikon am Stadtrand, tapfer den Zuggleisen folgend. Zuletzt stapfte er den Tramschienen nach vom Dorf in die Stadt Zürich und nach einer Weile wieder zurück und kam dann an in Örlikon und blieb.

Johann war arm und ging zu Fuß; lange Zeit wanderte er um sein Leben.

Mit derigen solchen Füßen komme man nicht weit, das hatte man ihm früh prophezeit. In der Rekrutenschule war das, 1912, nachdem er mit den stolzen Ohren am deutschen Kaiser Wilhelm vorbeimarschiert war beim Defilee in Dübendorf, mit achtzehn Jahren. Vor Aufregung war er ein paar Mal aus dem Takt gestolpert, und danach wurde er strafgedrillt und gezwungen, von einem fünf Meter hohen Übungsgerüst auf den Boden zu springen. Und mit einem lauten Knall hatte es Johann die Sehnen in den Füßen zerrissen. Mit solchen Flossen werde man nichts, hatten sie gegrinst und HILFSDIENST ins Büchlein gestempelt.

Trotzdem war Johann gewandert, ausgewandert vom heiligen Strich in die sündige Stadt, und schließlich war er dorthin gegangen, wo alle herkommen und hinwandern, die Füße abgewinkelt in den zu weiten Schuhen, die Ohren im Wind, mit einem Pfeifchen den Frieden grüßend, mit einem die Freude. Ich stelle mir vor, Johann hörte nicht auf zu gehen, als er starb, er wird sich jede Welt erwandern, und wenn man die Augen offen hält, begegnet man ihm wieder. Sein auffallender Mund scheint übrigens auch im Tod dem Lächeln zugetan, dem Plaudern mit allen und jedem; seine Lippen blieben erwartungsvoll, wollend, bis zuletzt. Einen Mund zum Küssen hatte Johann, zeitlebens. Gebete passten schlecht in diese frisch aufgeschüttelten Kissen.

Ida küsste ihn nicht. Auch nicht, als er starb.

»Meinst?«, sagte sie nur und tippte mit den Fingerspitzen dreimal an Johanns Bein, bekreuzigte sich dann.

Sie hatte ihn salben lassen vor kurzem; dreimal schon hatte sie Herrnpfarrer Kuster zur letzten Ölung gerufen, als Johann rückwärts und hochdeutsch zu reden und sonst zu schweigen begann. Es hatte ihr Mühe bereitet, diese ungewohnten Anweisungen zu geben, ein zerzaustes Vögelchen war sie geworden. Die Blümchenschürze, in der sie im Thron am Fenster saß, bot Platz für eine andere Person, und neuerdings leuchtete sie immer ein wenig, sagt meine Tante, wenn man ihr Kinderbücher vorlas. Wenn der Pfarrer vorbeikam sowieso.

Ich stelle mir vor, mancher hätte das schwindende Persönchen im zu großen Stuhl vorsichtig in die Hand nehmen und mit zwei Fingern streicheln wollen, aber bei Ida verbat man sich das. Klein war sie immer gewesen, etwas mehr als einein-halb Meter, aber wenn man ihr früher begegnete, war sie meistens größer als man selbst, auch wenn sie saß. Sie war größer als Johann, obwohl sie wegen der schmerzenden Hüfte, die sie sich einmal beim Kirchgang gebrochen hatte, nur noch saß und obwohl er sie um zwei Köpfe überragte. Auch war sie alles andere als schmal; auf ihren Knochen verharrte lange Zeit weiches Fleisch, in der Konsistenz vollkommen zart und vegetarisch, zum Anfassen und auch farblich wie ein Laib ungebackenes Weißbrot, Sonntagszopf, den es um Ida aber selten gab. Jetzt war es weggetrocknet, sie war mager geworden, beinahe durchscheinend. Auch ihre dunklen Haare, deren Glanz und

Fülle sie stets unter einem Netz verbarg und mit Nadeln durchbohrte, hatten die Farbe und alles Lockende aufgegeben. Vielleicht ließ Ida sie darum in einem Ausmaß gehen, wie sie es früher nie geduldet hätte. Außer diesen weiß ringelnden Haarlocken zeigte sie kaum eine Regung.

Ich weiß nicht, ob Idas Blick wirklich ungerührt war, die Milchigkeit des Alters verbirgt das. Es heißt, sie habe in ihrem Leben nur zweimal geweint. Von klein auf praktizierte sie die Kunst der Abtötung. Eine Lebensform, die vor allem von Frauen geübt werden müsse, wie Ida stets ihren Töchtern gegenüber wiederholte. Denn nur von den Frauen komme das Übel dieser Welt, seit Anbeginn. Idas ständig wiederkehrende Maxime, ihr Mantra, wenn sie diesen Begriff gekannt hätte, war: »Wo ein Übel ist, suchet die Frau, die dahintersteckt.« Das Locken der Frau und die ihr auf dem Fuß folgende Schwachheit des Mannes waren Tod und Teufel, Lüsternheit und Verderben, das Werk Satans.

In der Gegend, aus der Ida kam, wurde das Abtöten fleißig und mit Inbrunst geübt, und meine Großmutter war talentiert und eine gelehrige Schülerin. Bereits früh in ihrer Kindheit hatte Pfarrer Evangelist Traber die sündigen Windungen ihres Geistes, ihrer Seele und ihres Leibes erforscht und begradigt und diese für den Rest eines sehr langen Lebens, wie es ihres war, gegen die Versuchungen des Gehörnten gerüstet. Er rettete sie für die Ewigkeit, indem er auf Erden alle Versuchung des diabolischen Verführers mit ihr durchexerzierte. Abtötung der irdischen Gelüste, wozu vor allem die Freude gehörte, wurde Idas Lebensinhalt, neben und auch zur Erhaltung der sechs überlebenden Kinder am Rand der verwerflichen und falschgläubigen großen Stadt. Und mit der Freude war praktischerweise auch das Leiden gestorben.

Abtötung musste sein am heiligen Strich. Für Ida ganz besonders musste es sein. Es war ihr einziger Weg ins Glück. Abtöten musste sie alles Freudvolle in sich, ersticken. Weil sie einen liebte, der mit Leib und Leben nicht geliebt werden konnte.

Herrpfarrer Kuster von Örlikon war jedes Mal gern gekommen ins Käferbergheim; Ida gehörte zu den wichtigen Spenderinnen seiner Pfarrei und hatte ihm während vieler Jahrzehnte zugehört in den vorderen Bänken der Herz-Jesu-Kirche, zuerst seinem Rücken auf Lateinisch, dann, nach den Wirren der Sechzigerjahre des letzten Jahrhunderts, widerwillig von Angesicht zu Angesicht. Schnaufend breitete er seine Versehgarnitur vor Johanns Kopfkissen aus, das Töpfchen mit der Salbe aus Olivenöl, die Hostie, die einmal ein Schlachtopfer war und jetzt nur noch Weißmehl und Wasser, und das Kreuz mit dem Gekreuzigten. Öl, das sagte die Bibel, sei ein Sinnbild für Gesundheit, Glück und Freude, und wenn die Bibel das den Sterbenden gönnte, konnte Ida nichts dagegen haben.

Zur Bekennung der Sünden, wie es sich gehörte, ließ Johann jedoch kein Wort verlauten, auch nicht in Hochdeutsch oder in Gottes Namen rückwärts, und so amtete der dicke Priester ausnahmsweise ungebeichtet. Ida hatte auf dreimaliger rechtzeitiger Salbung ihres Gatten bestanden. Vielleicht, weil sie ihn nach dreiundsechzig eisernen Jahren, nach ehern gewordenen Ehejahren, nicht unversehen ins Fegefeuer fallen lassen wollte. Vielleicht aus der alten Gewohnheit, ihren Kopf zum Wohle aller durchzusetzen. Mit stumpfem Daumen verrieb der Pfarrer drei Tropfen Öl auf Johanns Stirn, dort, wo sie mit weiter Wölbung begann, zwischen den Augen, und wo in drei Schluchten der Kummer aus den Höhlen flüchtete.

»Johann, durch diese heilige Salbung und Seine mildreichste Barmherzigkeit verzeihe dir der Herr, was du gesündiget hast durch Sehen, Hören, Reden, Riechen, Schmecken, Gehen und Berühren. Amen.«

Dann träufelte der Pfarrer etwas Öl in beide Innenflächen von Johanns großen Händen und wiederholte noch zweimal, dass er gesündigt habe durch Sehen, Hören, Reden, Riechen, Schmecken, Gehen und Berühren.

»Sünder arme uns für bitt«, antwortete mein Großvater deutlich und ohne die Augen zu öffnen, nachdem er in allen vorherigen Sitzungen immer geschwiegen hatte, und der Pfarrer ließ entgeistert die Hände fallen, dass es von Johanns Fingern tropfte. Selbst Ida konnte nicht erklären, was nicht zu erklären war. Schnell schob der Geistliche das weiße Plättchen zwischen Johanns Lippen, sodass es zerbrach, murmelte mit Ida, was zur Verspeisung des göttlichen Leibes gemurmelt werden musste, und eilte dann knarrenden Schrittes hinaus.

Nach einer Weile klaubte Ida die aufgeweichte Hostie aus Johanns Mund, der nichts mehr schlucken wollte, und legte sie vorsichtig auf die eigene Zunge. Dann setzte sie sich in den goldenen Thron, ließ das Kreuz an der Kette über den Schoß schlängeln und fuhr mit dem schmerzreichen Rosenkranz des Dienstags fort.

»Frau, hier siehe deinen Mann«, sagte Johann. »Mich dürstet.«

SCHWAGER-SILBER JOHANN
* 17. Juli 1894, Ifwil/Thurgau
† 3. Februar 1992, Örlikon/Zürich

Sticker, Krisenfester, Hilfswaldarbeiter, Hilfsdienstler
Zufussgeher, Landabwanderer, Hilfsstanzer, Hilfsstahlgiesser
Arbeitsloser, Schrebergärtner, Kirchenordner, Opfersammler
Chefmagaziner, Ausläufer, Stadtrandspazierer
Gatte, Vater, Grossvater, Urgrossvater, Mann
Treue Seele

NICHTS ALS VIEL

So hätte es auf dem Schildchen heißen müssen, das man an Johanns großen Zeh band, bevor man ihn im Hochzeitsgewand aus dem Zimmer des Käferbergheims schob. Aber es hieß wohl nichts dergleichen; wahrscheinlich hatte er gar keinen Zettel am großen Zeh. Das passte eher zu Leichenschauhäusern in Fernsehkrimis oder Krematorien, wo alles schnell geht und die Seelen am Fließband verpuffen. Johann jedoch war auf dem Weg zu einer Ganzkörperbestattung, zur gemütlichen, unorientierten Verwesung im Würmerreich vom Nordheim am Stadtrand. Da war Ida ein letztes Mal kompromisslos, gegen die Einsichten der aufgeklärten und gottlosen Nachkommenschaft. Drei Jahrzehnte hatte sie im Voraus bezahlt, damit Johann zerfallen und sein Wesen auf dem Stadtfriedhof zu jenem Staub werden konnte, aus dem Idas Allmächtiger, streng Gerechter und selten Gütiger stets von neuem die extravagantesten Teile seiner Sternenkollektion schuf. Wenn ich richtig rechne, darf Johann noch dreizehn Jahre im Nordheim sein.

Gütig war Idas Herr nur, wenn man ihn ohne Unterlass bei Laune hielt. Das buchhalterische Wesen des Herrgotts habe sie schon als Kind vor den Kopf gestoßen, sagt meine Tante. Von nichts komme nichts, das galt beim Beten zuallererst. Damit man etwas bekam, musste gebetet, gezählt und bezahlt werden, musste Perle um Perle der hundertfünfzig Rosenkranzgebete stets von neuem abgeleistet werden, Sünde um Sünde abgebeichtet, Ablass um Ablass abbezahlt. Ohne das gab es kein Billett in den Himmel, und das irdische Leiden dehnte sich endlos ins Fegefeuer aus. Ida wollte sichergehen, dass sie ihre Gottes- und Gattenpflicht in gebührendem Maß erfüllte und man ihr dereinst nichts vorwerfen konnte, weil sie Johann nach so vielen Jahren etwas schuldig geblieben wäre. Dass sie dabei den Wunsch gehabt hätte, ihn im Jenseits wieder anzutreffen, bezweifle ich. Die Gärten des Paradieses sind weit, und man braucht sich, so nehme ich an, nicht in alle Ewigkeit über den Weg zu laufen und zu erkennen, wenn man das nicht will.

Im Nordheim waren die Wege nach dem Regen gefroren, als Johann zu seiner Grube geschoben wurde. Auf den Gräbern lag vereister Schnee über Immergrün, kaum Blumen. Steif lagerte der Leib im Sarg, umgeben von Kränzen.

Vorbei an einem dürren Rosenstrauch, der über einer versteinerten Sonne hing, hinkte Ida die Allee entlang, zu spät, die Trauergemeinde wartete schon und schlotterte. Sie hatte keine Begleitung gewünscht, sie schritt allein. Hoch aufgerichtet zog sie das böse Bein nach, am schwarzen Stock, den Fuß seltsam abgewinkelt von der schmerzenden Mitte. Am Hut, den sie zur Hochzeit Alberts meines Vaters gekauft hatte, war ein schwarzer Schleier befestigt, ein elegantes Täschchen schlenkerte neben dem Stock um den zu weiten Seidenrock, aus dem Haarnetz drängelten Strähnen. Und wie ein Schild umgab sie in der großen Kälte der Kampf- und Schutzgeruch von Kampfer.

Hätte Johann sie auf solchem Gang begleitet, wie er das viele Male tat, hätte sie, ohne ihn anzublicken, ihren Arm in seinen getan, und sein Watscheln, das von den Füßen kam, hätte sich vereint mit ihrem Schaukeln, das von der bösen Hüfte stammte, und sie wären langsam, aber besser vorwärtsgekommen zusammen. Auch Johann hätte sein Friedhofsgesicht mit Hut getragen, dazu den rehbraunen Regenmantel, den er immer trug und den ihm mein Onkel einmal schenkte, weil Ida keinen neuen Mantel bewilligte. Stets hatte sie wiederholt, dass sie sich nichts leisten konnten, und Johann brauchte auch nichts. Der Kragen war ein wenig fädig und der Eingang zu den Taschen etwas speckig, obwohl Johanns große Hände immer trocken waren, aber Haut verschenkt gern ein wenig Duftöl an den Stoff, der sie so lange treu berührt. Er hätte fast nichts gehört und schlecht gesehen, aber ein wackliges Hörgerät und seine Brille aufgehabt, die großflächig war und ihm ein wenig in die Stirne ragte, weil die Ohren etwas hoch am Kopf wuchsen; und das rehbraune Leukoplast, mit dem er Hörgerät und Brille Jahr um Jahr flickte, hätte wie immer gut zum Mantel gepasst.

Auch hätte Johann sofort den richtigen Weg zu seinem Grab gefunden, und Ida wäre nicht zuerst beim Moosrosenstock mit der Sonne aus Stein umhergeirrt, bei den Urnengräbern, statt den Erdbestattungen. Er hätte alle Wege blind gefunden. Aber Johann lag im Sarg und wartete, und Ida kam zu spät.

Wahrscheinlich hätte Johann nicht bemerkt, dass Ida unterwegs die Strümpfe verlor. Seine starigen Augen hätten Haut von Seide nicht mehr zu unterscheiden vermocht. Sowieso vertauschte Ida kaum mehr die Blümchenschürze mit dem Seidenkostüm, das sie sich zur Hochzeit Alberts genäht hatte und zu dem sie auch einen Hüftgürtel tragen musste, weil zum Seidenkostüm nur Seidenstrümpfe passen. Weil aber Ida wegen der Thrombosengefahr immer feste Strümpfe trug, hatte sie mühsam die feinen Seidengebilde über das Stützgewebe gerollt, obwohl sie sich kaum mehr bücken konnte, und hatte am Oberschenkel rundherum die Laschen über die Stoffknöpfchen des Gürtelchens gefingert mit dem Strumpf dazwischen, damit es hielt. Und es hatte gehalten bis zum Rosenstock bei der Urnensektion. Nachdem sie aber so weit hatte laufen müssen, hatten sich die Stümpfe wieder gelöst und lagen nun um Idas Fesseln wie die liederlichen Socken eines Mädchens.

Auch Ida bemerkte es nicht. Erst als Sophie sie fand, am Arm ein paar Schritte hinter die Steinsonne zog und vor sie hinkniete, fiel es ihr auf.

»Kannst doch nicht ohne Strümpf am Grab stehen, Mutter.«

Ida tat schnell, wie man es nicht gedacht hätte, einen Schritt vom Grabhügel weg, auf den sie versehentlich getreten war. Sie schaute auf Sophie hinunter, und es schien, als hätte die Kälte des Februars die Milchhaut hinter der Brille ein wenig aufspringen lassen, sodass das Feuchte aus den Höhlen hervorkam und ein warmes Seelein bildete, das aber gefror, bevor es rinnen konnte.

»Man hatte so mängs mit ihm. Und jetzt fehlt er eim gliich«, sagte Ida. Dann hängte sie sich bei Sophie ein und hinkte zur Sektion Erdbestattung.

Dort lag im Schnee das Loch, nicht sehr groß und nicht sehr schwarz, mehr blau, Johann schwebte darüber. Die Schleifen an den Kränzen erwähnten reihum Treue, Freundschaft und

Liebe. Ein angesehener geistlicher Neffe las die wichtigen Stationen in Johanns Leben und schloss:

»*63 Jahre lang haben die beiden Freud und Leid miteinander geteilt, gute und schwere Zeiten erlebt und sind einander beigestanden, so gut sie konnten. Johann war ein bescheidener, froher Mensch. Seinen Kindern ein lieber Vater. Nach der Pensionierung begann für ihn die schönste Zeit der Berufstätigkeit. Während dreissig Jahren arbeitete er mit Freude im Betrieb seines Sohnes Albert. Er war ein Vorbild für Treue und Hilfsbereitschaft.*

Wir hoffen, dass Johann im Jenseits gefunden, woran er in diesem Leben geglaubt hat: ewiges Leben, Glück und Frieden.«

Ich hielt eine Rose und wünschte ihm mehr, als er zu hoffen geglaubt hatte.

Pfarrer Kuster spritzte dreimal Weihwasser gegen die Dämonen auf die hölzerne Truhe mit dem Fensterchen, durch das einem Johanns Mund ein letztes Mal auffiel; er lächelte, war schön. Dann wurde der Fensterladen zugeschoben, der Totengräber betätigte die Seilwinde, der Sarg ruckelte hinunter. Mit ordinärem Ton, Schaufel um Schaufel, plumpsten Klumpen in die Tiefe zurück.

»*Von Erde bist du genommen, und zur Erde kehrst du wieder. Der Herr aber wird dich neu gestalten.*«

Ich ließ die Rose fallen. Dann blieb Johann allein, beschützt von einem roten Lichtlein und bereit, vielleicht, zur Wandlung.

Damit etwas werde.

I

Heiliger Strich

Sünder Arme uns für bitt

Dort hinten in den feuchten Tälchen, in die das Toggenburg nach Norden sich verflacht, hießen alle Schwager. Drum hieß dann einer zum Beispiel Gabelmacher, wenn er Schwager hieß und Gabeln machte. Oder Kanzelmacher, wenn er Holzkanzeln schnitzte und Chorgestühle mit Köpfen verzierte, wie man sie in der Gegend nie antraf. Oder Amerikaner, wenn einer unerwartet und reich von irgendwo zurückgekehrt war. Die Gegend um den Bichelsee war ein richtiges Schwagernest, alle ein wenig verwandt. Ursprünglich hatte sich hier wohl vor sehr langer Zeit ein müder Kutscher bei einer tüchtigen Hinterthurgauerin niedergelassen – die feuchten Auen Paradiesgärten in seinen Augen –, erschöpft von den Reisen über den Ricken und den Gotthard und die Schrecken der Schluchten in den Gliedern für ewig.

Johanns Familie hieß nicht besonders, weil sie nichts Besonderes war und machte. Keiner war mehr Fahrender, die wenigsten machten Gabeln, und sie schnitzten nicht. Seit langem hatte man sich hingesetzt an einem Fleckchen an einem Bach, war einfach Schwager und stickte, sonst nichts. Ein einfacher Hof, nichts Großes. Zwei oder drei Kühe, wie die meisten, ein paar flache, eher sumpfige Äckerchen entlang dem Seebach, der zur Lützelmurg wuchs, die sich in die Murg ergoss und mit allen gemeinsam zum Rhein floss, ein Stückchen Wald wahrscheinlich auch, und mit der Zeit baute man einen schmalen Anbau ans Haus und stellte eine Stickmaschine hinein.

Überall gab es am Anfang dieses verheißungsvollen Jahrhunderts an den alten Schindelhäusern einen neuen Anbau mit den langgezogenen Maßen der Maschine. Fünfzigtausend Franken soll so ein Apparat gekostet haben, ein Vermögen, und Johann, der nach ein paar Jahren Schule eine Lehre als Sticker machen durfte, steckte alles Geld hinein, das die Familie auftreiben konnte. Die meisten Leute um den Bichelsee investierten in die neuen Erfindungen, die viel versprachen. Man wollte nicht mehr alles von Hand machen, sondern mit der Zeit gehen und mehr verdienen. Sticker war ein Beruf mit strahlenden Perspektiven.

Auch Johann, der im Weiler Ifwil wohnte, wollte es zu etwas bringen. Er wollte nicht ledig bleiben, wie es seinen Geschwistern blühte, die alle über die Zeit unverheiratet blieben. Vielleicht, es ist zu befürchten, weil nichts an ihnen war, was eine Fortpflanzung nahegelegt hätte. Erst der Jüngste, Jodok, brach den Bann und brachte eines Tages eine kleine, hübsche Itaslerin mit Namen Ilsi ins Haus, weil sie fröhlich war und er sie Tag und Nacht und in alle Ewigkeit anschauen wollte. Der Weiler Itaslen lag noch ein wenig weiter hinten in der abgelegenen Gegend als Ifwil, an der Murg, die oft schäumend zwischen Hörnli und Iddaberg hinab in die moorigen Wiesen fuhr.

Bichelsee, zu dem Ifwil, Balterswil und Itaslen gehörten, war eine fruchtbare Gemeinde, mit eigener Zeitung, dem Hörnliblatt, und mehreren Chören. Nicht zuletzt war das dem spindeldürren Pfarrer zu verdanken, den man am frühen Morgen hinkend und bei jedem Wetter mit nackten Beinen durch die feuchten Wiesen kneippen sah. Pfarrer Johann Evangelist Traber war ein großer Verfechter der Abhärtung und des kunstvoll zubereiteten Habermuses. »*Ein rechtes Habermus und die Abhärtung des Körpers hält nicht nur den Leib, sondern auch Geist und Seele gesund*«, predigte er von der Kanzel, die er selber entworfen hatte, und schrieb es auch im Hörnliblatt, und was Pfarrer Traber schrieb und von der Kanzel predigte, während er zwischendurch mit Feuereifer und fegenden Sprüngen den Kirchenchor dirigierte, das wurde von der Gemeinde beherzigt und befolgt. Und so haberten seine Schäfchen, was das Zeug hielt, und kneippten durch die Sümpfe, denn auch das Beinelüpfen in der Feuchte des Morgens nahm einen schönen Aufschwung. Das Völkchen um den Bichelsee mehrte sich und gedieh.

Als Johann 1894 zur Welt kam, gab es in der Gemeinde ein Schulzimmer, den Lehrer Knecht und hundertzwei Schüler. Erst als er in der fünften Klasse war und die Schule eines Nachts so sehr brannte, dass man den armen Lehrer in der lodernden Feuersbrunst aus dem Fenster stürzen sah, wurde ein neues Schulhaus mit drei Klassenzimmern gebaut; eines zur Reserve, nach des Pfarrers ebenfalls eigenhändig gezeichneten Plänen und von der Kantonshoheit bewilligt. *Himmelan geht uns're Bahn!* ließ Evangelist Traber über der Eingangspforte groß ins Eisen schmieden und hielt eine flammende Messe.

Der junge Pfarrer war mit dem bösen Bein rastlos unterwegs für das Wohl der Gemeinde. Trotzdem brach eine nie da gewesene Wirtschaftskrise aus der Welt herein; die großen Banken verloren alles Geld der Leute, und keiner wollte mehr haben, was die Apparate stickten. Das konnte auch der unermüdliche Pfarrer nicht verhindern. Um den Schaden möglichst zu begrenzen und nach einer lauten Versammlung des Männervereins im Engel, an der man einige weinen sah, schritt er zur Tat. Er gründete mit einem Lehrer und einem Handsticker die Raiffeisenkasse Bichelsee, die erste der Schweiz, die mit vielen kleinen Einlagen vieler kleiner Leute aus der Gegend Großes vollbringen und den am Boden Zerstörten mit günstigen Krediten helfen sollte.

Er tat dies ohne Zweifel zur wirtschaftlichen Unterstützung der Gemeinde. Es ist aber zu vermuten, dass er es auch mit einem seelsorgerischen Hintergedanken tat, nämlich zur Abtötung von Sinnenkitzel, Sünde und Dekadenz, die oft vor dem Niedergang enthusiastischer Zeiten herumtanzen und in Bichelsee unter den Augen des Gottesmannes mit ihrem Firlefanz von allen Seiten hereindrückten. Dem Sparen, der Mäßigung, besser noch, der Enthaltsamkeit in jeder Hinsicht schrieb er eine kräftigende Wirkung zu, vergleichbar dem Hafer im Mus. Sparsamkeit bekämpfe die Verderbnis durch Vergnügungssucht und unterstütze stattdessen die Lust an der Arbeit. Dem schwachen Fleisch und seiner Gierigkeit heiße es Paroli bieten kraft des Geistes und Gebetes. Das richte den Blick auf eine höhere Welt und mache im Hier und Jetzt den Leib tugendhaft und arbeitsam. Mit genügend Übung in der Kunst der Abtötung gehe das leichter; der elende Leib wird dann, das wusste der Pfarrer, gefügig, gottgefällig, wunschstumpf.

So wurde die Kreditvergabe bei der Sparkasse in Bichelsee an Wohlverhalten gebunden, denn auf diese Weise bewahrte der Evangelist stets die Übersicht über die Tugendhaftigkeit seiner Herde. *Mehr als durch grossen Schein wird die Kreditfähigkeit begründet durch eine einfache und standesgemässe Lebensführung; und eine fleissige und sparsame Hausfrau bringt dem Mann mehr Kredit als über den Stand vornehme*

Töchter und sporttreibende Söhne schrieb er in einem Traktat, das in der Kirche und im Engel auflag und im Hörnliblatt, des Pfarrers schärfster Waffe gegen den Satan der modernen Zeit, erschien.

Wenn er den Kirchenchor dirigierte, so ist überliefert, brach bald ein Wettern und Donnern gegen die Ränkeschmiedereien des ewigen Verderbers aus dem Pfarrer hervor, und das Fuchteln mit dem Taktstock konnte unversehens ausarten in Schläge auf die Köpfe der Nächsten, so heftig, dass die Sänger lieber nicht mehr kamen. Es gab jedoch kein Entkommen, denn der eifrige Hirte war überall. Die meisten Vereine im Tälchen gingen auf seine Initiative zurück, die Jungfrauenkongregation, der Mütterverein, der Jünglingsverein, um nur die wichtigsten zu nennen, und er richtete sie statuarisch auf das anzustrebende Ziel aus und überwachte die Qualität, auf dass die Pflichterfüllung nicht nachlasse.

Für die Jungfrauen des Tälchens rief er zusätzliche Abendkurse ins Leben; die jungen Frauen lagen ihm besonders nah am Herzen. Auf erblühende, ins Kraut schießende Weiblichkeit war ein scharfes Auge zu werfen, denn die Macht der Leiblichkeit des jungen Weibes verhalf dem Leichtsinn in die Welt. Oft und gerne pflegte der Gottesstreiter mit Gotthelf zu sagen, *was man nicht bürsten kann, muss man klopfen,* und orderte die jungen Frauen in seine Kurse, wo er sie Mores lehrte, ihnen ihre Sündigkeit aufs Gewissen redete, bis sie in Tränen knieten und mit ihm gemeinsam Gehirn und Seele wuschen. Dann empfahl er sie Gott. Am liebsten hätte der Evangelist sie samt und sonders von Kopf bis Fuß in schwarze Stoffe verpackt, hinter Schleier versteckt und zu Nonnen gemacht.

Denn trotz seiner fleißigen Wache bewegten sich die Frauen immer mehr außerhalb der väterlichen Höfe, sie schwirrten frei und von Mal zu Mal leichter geschürzt in der Gegend umher, auf neumodischen Drahteseln. Auch woben sie in großen Frauengruppen in den Schifflistickerfabriken, sangen gottlose Lieder, rauchten und drohten sich der väterlichen Aufsicht und dem »*Ite, missa est*« des katholischen Pfarrers, mit dem sie in Gottgefälligkeit hingehen sollten, zu entziehen.

Der Geistliche sah eine Gefahr heraufdämmern für die Ordnung im Hause des Herrn und auch der Herren, so sehr, dass er die jungen Frauen von Bichelsee in der Kunst der traditionellen Hausarbeit von Nonnen unterweisen ließ, die aus der Fremde herbeireisten, denn im Kanton Thurgau gab es seit einer Weile keine Klöster mehr. Es ist anzunehmen, dass Pfarrer Traber während seines langen Lebens keinen einzigen Tag verschwendete, an dem er nicht gegen die Versuchungen des Teufels kämpfte, der das Tälchen von allen Seiten befiel.

Er begann mit den Kleinsten in der Gemeinde, und er machte es sorgfältig. Zum Religionsunterricht ließ er sie in den Keller des neuen Schulhauses zu sich kommen, pferchte sie in einen Raum, in dem ein paar Kerzen safteten und die dürre Gestalt mit dem wuchernden Bart Schatten an die Wände warf. Er ließ die Kinder Sünden aufsagen, er ließ sie begangene Laster erfinden und alles bereuen, bis ihnen Hören und Sehen verging und ohne dass sie gewusst hätten wovor. Zur Veranschaulichung der tosenden Belehrung schob er den Bambusstock über stark kolorierte Leinwandbilder der Hölle. Die Kleinen mussten so nahe treten, bis sie den Pfarrer riechen konnten und sehen, was es mit der Hölle auf sich hatte. Wie sie dort brannten, wie ihnen von Teufeln die Glieder abgehackt wurden, wie die Brüste, die sie lebend kaum zu Gesicht bekamen, unter leckenden Pestzungen verfaulten, wie man in Münder dicke Trichter führte, in die sich Verdammte so lange entleerten, bis die Bäuche platzten, wie ihnen das faule Fleisch schließlich vom Gerippe fiel, bis es nur noch grinste. All dies geschah unter dem glutroten Herzmuskel des Allmächtigen, der in die Hölle hinunterblutete, und dem geplagten Antlitz seiner stets lächelnden Mutter.

Der Pfarrer ließ die Bichelseer Kinder das Ave-Maria so oft vorwärts beten, bis sie es im Schlaf und auch rückwärts konnten. Eigentlich ließ er sie lieber rückwärts beten, weil das den guten Willen anstachelte und aus der Faulheit holte.

Zum Schluss ließ er sie niederknien, bis sie die Heerscharen des Himmels und auch alle gefallenen Engel an den Wänden sahen, bis sie die Flammenschrift auf den Mauern zu lesen vermochten, obwohl sie noch kaum buchstabieren konnten, *Hüte dich, denn ich bin dein Herr und Gebieter.*

Dann entließ er die Lämmchen, und ich stelle mir vor, alle blass.

Pfarrer Traber war ein strenger und nicht immer gerechter Hirte. Meine Tante sagt, er war ein verbiesterter Mensch, vor allem, was Frauen betraf. Es habe im Dorf geheißen, er möge die Frauen nicht, obwohl er sich hingebungsvoll um ihr Seelenheil kümmerte. Sie waren ein notwendiges Übel, aber schlecht bis in den Kern und die Verderbnis der Welt. Frauen schätzte er im Heim, am Herd und im Kindbett, zum Nutzen des Hofs und des Fortbestands der Gemeinde. Ansonsten hatten sie möglichst unsichtbar zu sein. Die Werkstatt, in der der Gotteshirte hämmerte, hobelte und feilte, durfte von Weibern nicht betreten werden, nicht einmal zum Saubermachen.

Es heißt, Johanns ledige Schwester Rose habe ganz besonders unter ihm zu leiden gehabt, er schwärzte sie in der Gemeinde an und verunglimpfte sie so lange, bis sich kein Ansässiger mehr getraute, sie zu ehelichen. Und Fremde reisten selten mehr her in die abgelegene Gegend. Rose fand sich ab mit ihrem ledigen Leben, bevor sie dazu gekommen wäre, etwas anderes zu wollen. Sie ging auf in ihrer Aufgabe, pflegte und opferte sich lebenslänglich für das Wohl der angestammten Familie, wie das von den ledigen Frauen erwartet wurde. Und sie blieb dabei heiter und rosig; es mag am Namen gelegen haben.

Des Pfarrers Zorn hatte Rose auf sich gezogen, weil sie sich gerne auf einen Sattel setzte und sich damit schnell und weit aus dem Einflussbereich des Pfarrers bewegte. Von einem Restchen des hart verdienten Geldes hatte sie sich ein Fahrrad angeschafft, damit sie nach der taglangen Arbeit schneller nach Hause kam, um Johanns andere ledige Schwester, Lidwine, zu füttern, zu waschen und zu pflegen. Die Vor-Leid-Weinende, wie man sie in der Familie nannte, lag immer auf dem Diwan, an einem Faden im Leben hängend, und empfing Rose jedes Mal mit bösen Blicken: »Ich leide hier den ganzen Tag auf dem Diwan. Und du genießt dein Fahrrad und fährst in der Weltgeschichte herum. Ich werde es dem Pfarrer beichten müssen.« Und so kam Rose bei jeder Gelegenheit unter die Tiraden des Pfarrers, dem sie als Beispiel für die modernen Laster herhalten musste.

Die beiden Schwestern beließen es ihr Leben lang bei dieser Verteilung der Aufgaben. Rose war die, die arbeitete, ihren Lohn der Familie nach Hause brachte, und Lidwine war die, die krank auf dem Diwan lag, der heute noch in Örlikon steht, erstaunlich kurz und mit etwas pathetischer Lehnenlinie. Meine Tante sagt, die beiden Frauen waren solche Typen, solche zum Ledigbleiben. Notgedrungen hatte die vor Leid Weinende viel mehr Zeit für Gebete, sie war, wie sie stets betonte, nicht nur dem Tod, sondern auch der Frömmigkeit näher und damit der Gunst des Herrn und seines Pfarrers. Zudem war ihre Namenspatronin die Schutzheilige der Kranken. Das war gar nicht ungesund, wie sich herausstellte, denn die schwermütige Lidwine überlebte die heitere Rose um viele Jahre.

Man fragt sich, was der Pfarrer gegen ein Damenrad einzuwenden hatte. Ob er vermutete, dass es die Frauen vom Kneippen abbrachte und in zu große Freiheiten führte? Oder geißelte er – auch in medizinischen Dingen die einzige Autorität in der Gemeinde – aus reiner Bange um die Unversehrtheit der weiblichen Anatomie den Drahtesel samt Ritt auf hartem Sitz? Stellte er sich – hochnotvoll der Sorge – plastisch vor, wie die Weiberschaft Rad fuhr über die holprigen Wege, der puren Freude wegen? Auf Federn schaukelnd, Tal ein, Tal aus, Tal ein, den Sattel unter den Röcken verheerend tief zwischen den immer kräftiger kreisenden Schenkeln? Das ist nicht überliefert.

Vielleicht fürchtete er um seinen eigenen Nachwuchs. Denn, was in Bichelsee gut und gottgefällig war, schritt in der Blüte der Jugend unter dem eigenhändig gesägten Triumphbogen des Gottesschreiners hindurch und zog ein in den Schoß der Dorfkirche, als Priester oder zumindest als Nonne. Fünfzig Bräute des Herrn pflückte Pfarrer Traber während seiner Amtszeit aus der kleinen Gemeinde und eine erkleckliche Zahl an Priestern. Ein Schwagerkind aus dem Hause Nichts-Besonderes war nie darunter.

Trotzdem hätte der Pfarrer vom heiligen Strich, wie man die Gegend seit seinem Rekord nannte, mich beinahe um die Existenz gebracht.

Johann aus Ifwil war kein Kirchenlicht, und wenn, dann hielt er sein Leuchten mit seltenen Ausnahmen, die noch zu belichten sind, unter dem Scheffel. Er tat sich nicht hervor, er schrieb nicht gern und las nicht mehr als notwendig in den Brevieren.

Allgemein galten diese Schwager nicht als die Frommsten, nicht als die Hellsten und nicht als die Schönsten, Höggen nannte man ihren Schlag, hager, zäh und unauffällig.

Es ist anzunehmen, dass Johann, nachdem er dem pfarrherrlichen Religionsverlies im Keller der Schule entkommen war, nie mehr gerne in eine Kirche ging. Sowieso war er lieber, das hielt er zeitlebens so, beim Wetter draußen und im Wind. Er sammelte Holz und spaltete es, fällte auch ganze Bäume, er wanderte durch die Wälder und über die Hügel des Tannzapfenlandes, wie sich die Gegend um den trüben See nannte.

Meistens jedoch war er in der Werkstatt und zeichnete Ranken und Röschen für Damenwäsche, feine Muster, die er mit Hilfe des Storchschnabels, wie man den hochmodernen Pantografen unter den Stickersleuten nannte, in die hauchfeine Baumwollmousseline übertrug. Das machte Johann einige Freude; er kam sehr gut voran mit seiner Stickerei und verstand es, sich gewagte Muster auf nie geschauter Frauenhaut auszumalen, er zeichnete gut und stickte noch besser, und es rentierte nicht schlecht.

Bis dann die Zeit der großen Krisen begann und Johanns Schicksal von mächtigeren Mächten in die Hand genommen wurde als jener, der der brave katholische Landpfarrer mit Frömmigkeit huldigte und die er mit Jungfrauen belieferte.

Johann hätte bereits etwas schwanen können, als er nach dem Besuch des letzten deutschen Kaisers beim Defilee in Dübendorf, auf den er sich sehr gefreut hatte, so schmählich und so lange wegen seines Stolperns über Hindernisse gehetzt worden war, bis ihm die Füße rissen. Es lag eine aufs Äußerste gereizte Nervosität in der dicken Luft der Befehlsetagen, sodass ein leichtes Aus-dem-Gleichschritt-Geraten das ohnehin wankende gesellschaftliche Gefüge gefährden konnte und entsprechend bestraft werden musste. Als er mit Plattfüßen ausgemustert wurde, explodierte der Erste Weltkrieg rundherum.

Dieser Krieg, der in den wild blühenden Anfang des Jahrhunderts raste, riss ein Loch in Johanns Leben, wie er überall das Dasein zerfetzte. Statt Damenunterwäsche bestickten die Hinterthurgauer nun Wundverbände. Hunderte Kilometer Mull verzierte Johann mit seinen zarten Ranken; er bestickte sie für die deutsche Armee. Es war nicht so, dass die Auftraggeber mit den Blümchen die zwanzig Millionen schwer Verwundeten hätte trösten wollen, die ein solcher Krieg neben fünfzehn Millionen Zerrissenen und Verstückelten im Dreck liegen ließ. Die Verbände wurden bestickt, damit sie von den Schweizern ins Kriegsgebiet geliefert werden konnten. Verbände gehören zur Grundausstattung eines blutigen Kampfes, und Kriegsmaterial durfte die neutrale Schweiz nicht nach Deutschland schicken. Also bestickten die Hinterthurgauer die blütenreinen Binden und deklarierten sie als Bordüren, damit sie im brüllenden Schlamassel in aller Eile und so oft vergeblich um die Wunden in den Menschen gewickelt werden konnten.

Die Verbandsaufträge füllten Johanns Tage an der Stickmaschine nicht aus, und so war er immer häufiger an der Lützelmurg, am Seebach oder am Bichelsee unterwegs als in seiner Werkstatt. Mit dem Ertrag der Spaziergänge besserte er das Habermus auf, das es nun fast nur noch gab, obwohl Lidwine mit ihrem sofortigen Hinschied drohte, wenn man sie nicht anständiger verköstige.

Am liebsten ging er abends hinaus, wenn Heerscharen von Fröschen im Sumpf gemeinsam um Erlösung riefen, in einem Halbtonchor, dass es einen schauderte. Er ging mit einer Karbidlaterne, in der Wasser auf Karbidkiesel tropfte, worauf sich ein Gas entwickelte, das Johann anzündete. Die Lampe stellte er ans Ufer, dann wartete er, bis die Frösche kamen. Frösche werden angezogen vom Licht, sie können nicht anders, als ins Helle zu hüpfen, wo sie die schönste Freude vermuten; ab und zu kam gar ein Ochsenfrosch. Die quakten so ergreifend, dass man nicht mehr weghören konnte, sie quakten, dass es einem das Herz zerriss, waren sehr selten und delikat und hatten oft Schenkel wie Hähnchen. Es war ein Leichtes, die Frösche einzusammeln, die vor dem Licht hockten und sich blähten wie blöde geworden, sie in einen Stoffsack zu stecken und nach Hause zu spazieren, mit der Vorfreude im Bauch. Vor dem Miststock riss man den gänzlich Verstummten die Beine aus, schmiss die Rümpfe in die Schmiere aus Kuhkot und Hühnerkacke und briet die Schenkel zur Nacht. Beim Verzehr bescherten sie niemandem mehr Schauer; es war auch sonst nicht viel an ihnen, immerhin Fleisch, kein Habermus.

Manchmal sah Johann nachts die Aale. Sie sahen im Dunkeln aus wie die Schlangen auf den Wandbildern des Pfarrers, wenn sie lautlos und mit gelblichen Bäuchen durch das moorige Wasser wellten. Immer öfter saß Johann nämlich nachts an irgendeinem Ufer, weil er mit anderen Ledigen im Dunkeln feierte und anstieß, am Bichelsee, wo vor vielen Jahren eine Burg samt Herren im Morast versoffen sei, wie es hieß, und wo der Pfarrer nicht sehen konnte, wie Johann seine Tage und Nächte dem Herrgott stahl und Froschschenkel briet. Zur Fastenzeit leuchteten die Bäuche der Aale im dünnen Schein der Karbidlaternen, wenn sie hervorschnellten und die beinlosen Rümpfe der Frösche holten, die im schwarzen Wasser dümpelten. Frösche und Aale durfte man immer essen, auch wenn es trotz Hunger und Armseligkeit zu fasten hieß und Aale essen gar nicht einfach war. Sie zu fangen, war eine Kunst, und es war eine, sie zuzubreiten, denn im Aalblut steckt ein gefährliches Gift. Es kam vor, dass einer den Verstand verlor, nachdem er hinter Aalen her gewesen war. Was in diesen Zeiten aber kaum auffiel.

Die Aale tauchten auf und verschwanden irgendwann wieder. Häufig erschienen sie zum ersten Mal in Oktobernächten, wenn hell und noch nicht tief die Nebel lagen. Dann sah man sie, sofern man selber um diese Stunde draußen war und sehr gut schaute, durch die nassen Wiesen schlängeln und sich Wege suchen zu einem Ziel, das niemand kannte. Wo sie herkamen im Herbst und wohin sie später gingen und verschwanden, wenn sie die Jugend am Bichelsee überlebten, wusste niemand. Junge Aale sah man nie.

Man könnte sich vorstellen, dass Johann die Schlangentiere faszinierend fand und unheimlich wie die ganze Gegend des Nachts. Vielleicht ahnte er, wie stark sie waren, wie klug und was für unvorstellbar weit gereiste Wanderer. Überall, wo es moorig ist, gefällt es ihnen. Sie finden jeden Frosch unter den Erlen am Bichelsee, solange noch ein wenig Leben in ihm duftet, denn sie riechen tausendmal besser als Hunde und in alle Himmelsrichtungen gleichzeitig gleich gut. Sie riechen »Nichts«. Ein einzelnes, ein blind schwimmendes Molekül, das ihren siebten Sinn erregt, einen Tropfen seelenverwandtschaftliches Herzblut oder beispielsweise Orangenblütenöl im kreisenden Wasser eines Ozeans vermögen sie wahrzunehmen. Während Jahren tun sie nichts als fressen in den Flüssen und Seen des Hinterthurgaus, bis sie groß und fett sind. Dann kommt jene Nacht. Immer kommt irgendwann die Nacht, wo die Aale etwas ruft, und sie lassen das Fressen und brechen auf, ziehen weiter, als trieben sie einem Ziel entgegen, das Tausende Kilometer entfernt liegt und sie anzieht. Von dem sie nichts wissen, nie träumten, dass sie aber immer kannten. Immer rochen. Johann wusste das alles nicht. Er fand die Aale wohl höchstens unheimlich und Respekt einflößend, ansonsten normal im Thurgau schlängelnd, quasi sesshaft und zur Hauptsache von gutem Fett. Im vögelfrohen Unterricht von Lehrer Knecht kamen Blumen und Bienen vor, aber keine wandernden Aale. Vom Knecht'schen Naturkundeunterricht auf dem Podest vor hundert Schülern war Johann zeitlebens nur etwas geblieben, ein paar Verse. Auch Albert meinem Vater lag dieses Gedicht später ständig auf der Zunge. Er konnte es ganz, sämtliche zweiunddreißig galoppierenden Zeilen, und deklamierte sie wie alle Reimeskunst bei jeder sich bietenden Gelegenheit, zum Beispiel am Sonntag beim Abwasch, den er unter Bergen von Schaum und unkonzentriert hinter sich brachte. Diese Reime jagten schwere Gänsehaut über die Abtrocknenden, so oft sie sie hörten, und sie hörten sie oft. Von Goethe stammten sie, lehrte der Vater, der sonst weniger Goethe, lieber Schiller, Tragödien und schwärmerisch Balladentänze vortrug, sie seien aber mit Sicherheit der Lützelmurg im Hinterhurgau entsprungen. Und weil die meisten wie Johann und ich nur ein paar Zeilen können, sei es hier notiert.

Wer reitet so spät durch Nacht und Wind?
Es ist der Vater mit seinem Kind;
Er hat den Knaben wohl in dem Arm,
Er fasst ihn sicher, er hält ihn warm. –

Mein Sohn, was birgst du so bang dein Gesicht? –
Siehst, Vater, du den Erlkönig nicht?
Den Erlenkönig mit Kron' und Schweif? –
Mein Sohn, es ist ein Nebelstreif. –

»Du liebes Kind, komm, geh mit mir!
Gar schöne Spiele spiel' ich mit dir;
Manch' bunte Blumen sind an dem Strand;
Meine Mutter hat manch' gülden Gewand.«

Mein Vater, mein Vater, und hörest du nicht,
Was Erlenkönig mir leise verspricht? –
Sei ruhig, bleibe ruhig, mein Kind!
In dürren Blättern säuselt der Wind. –

»Willst, feiner Knabe, du mit mir gehn?
Meine Töchter sollen dich warten schön;
Meine Töchter führen den nächtlichen Reihn
Und wiegen und tanzen und singen dich ein.«

Mein Vater, mein Vater, und siehst du nicht dort
Erlkönigs Töchter am düsteren Ort? –
Mein Sohn, mein Sohn, ich seh' es genau;
Es scheinen die alten Weiden so grau. –

»Ich liebe dich, mich reizt deine schöne Gestalt;
Und bist du nicht willig, so brauch' ich Gewalt!« –
Mein Vater, mein Vater, jetzt fasst er mich an!
Erlkönig hat mir ein Leids getan! –

Dem Vater grauset's, er reitet geschwind,
Er hält in Armen das ächzende Kind,
Erreicht den Hof mit Mühe und Not;
In seinen Armen das Kind war tot.

Johann ritt nicht, er fuhr auch nicht Rad, das er sich nicht leisten konnte; sein Dasein bewegte sich kaum und klein. Es gab eine Straße, auf der nichts fuhr, und die Eisenbahn eilte am Haus vorbei, meistens leer. Einmal am Tag kam sie und ging, kam und ging und war pünktlicher als eine Kirchturmuhr, die es auch nicht gab in Ifwil. Vielleicht hätte Johann gerne gewusst, wie es dort aussah, wo die Eisenbahn herkam oder hinging, während er in der wenig hellen Werkstatt an der Maschine still stand und Wundverbände mit Rosen bestickte. Nach schönen Reimen wird ihm kaum zumute gewesen sein, obwohl sie wie Scherben in seinen Ohren liegen blieben für immer. Eher noch hätte er, nach des Pfarrers Geheiß, um Erbarmen flehende Choräle gesungen, hätte Johann singen können. Denn seine Zeit trieb sich in Krisen herum, aus denen sie nicht mehr herausfand.

Eines Tages war es so weit; auch Johann musste verkaufen, was sein großer Traum gewesen war, er verscherbelte die Stickmaschine für ein Butterbrot. Wenn Rose mit ihrem Fahrrad, dem winzigen Verdienst und ihrer guten Laune nicht gewesen wäre, alles wäre zugrunde gegangen. So aber überließ man Lidwine den Part des Weinens und trug im Familienverband das Seine zur Minderung des Schadens bei. Jodok, der jüngste Bruder, übernahm den Hof und heiratete die lustige Tochter des wackeren Wagners aus Itaslen, bevor diese dem Ruf des Pfarrers folgen und in ein fernes Kloster abhandenkommen konnte. Der Älteste wanderte nach Zürich und wurde Hausabwart im Jünglingsheim an der Wolfbachstraße. Jahre gingen ins Land, ohne dass die Zeiten besser geworden wären. In den leeren Anbau in Ifwil zogen Rose und Lidwine mit dem Sofa ein, und drohend blieb neben dem Ofen noch ein Junggesellenplätzchen frei. So kräftig es ging, schlug

Johann sich durch; er sägte und hackte Holz in den Wäldern wie wild, was seiner schmächtigen Gestalt nicht guttat. Auch die kaputten Füße schmerzten ihn, wenn er als Taglöhner zwölf Stunden Steine schaufelte in den Kiesgruben, die die Gemeinde für die untätige Männerwelt unterhielt als Beschäftigung und Einnahmequelle des Winters.

Es ist anzunehmen, dass Johann auch in jenem Januar dabei war, als eine Naturkatastrophe über Bichelsee hereinbrach. Es war ein Tag, den keiner vergaß, obwohl in diesen Zeiten vieles geschah, was sich in die dünnen Häute der Herzen ätzte. Ohne Vorwarnung krachten aus dem grauen Himmel ein paar Tonnen Stein in die Eiseskälte und verschütteten zwei schaufelnde Männer. Ich stelle mir vor, Johann wird sie noch lange schreien gehört haben. Dann nichts mehr, nichts, als sei eine Verbindung gerissen; die Welt so still, dass man die Ewigkeit hörte.

Und mit Sicherheit war Johann dabei, als Pfarrer Traber in jenem Januar 1925, einem kirchlichen Jubeljahr ansonsten, eine seiner berüchtigten Grabreden hielt auf dem Bichelseer Friedhof vor der versteinerten Gemeinde. Er las sie ab aus dem Heft, in das er mit hochfahrender altdeutscher Schrift alle seine Predigten notierte. Wohl dem, der unter des Pfarrers Auge gottgefällig gelebt hatte, denn spätestens am Grab wurde die Elle angelegt und das Andenken in Stein gemeißelt.

19. Jan 1925
Und in christl. Trauer Versammelte. Wir stehen tief ergriffen von Trauer u. Mitleid vor dem Doppelgrabe von zwei im Geiste geliebten Mitbrüdern, die Gott der Allmächtige in seinem unergründlichen Ratschlusse in dem kräftigsten Alter von der Arbeit weg unerwartet in die Ewigkeit abgerufen hat. Die bei-

den haben viel zusammen gearbeitet u. so waren sie auch letzten Freitag miteinander in der Kiesgrube an der Strasse von Balterswil nach Bichelsee mit Kieswächten beschäftigt. Um einen Viertel nach 3 Uhr löste sich von der angesprengten Nagelfluhwand plötzlich eine grössere Masse los u. bedeckte die beiden Arbeiter. Obwohl mit möglichster Schnelligkeit Hilfe herbeigerufen u. solche zugleich zur Unglücksstätte eilte fielen doch beide dem Tode zum Opfer. Es war ein schwerer Schlag für ihre Angehörigen u. ein Schrecken für die ganze Bevölkerung.

Der Ältere der Verunglückten war der ehrsame Ehemann Alois Schwager sen. aus Balterswil. Er war der eheliche Sohn der ehrsamen Eheleute Josef Schwager Nachtwächter u. der Maria Scherrer, bürgerlich von Balterswil u. auch immer daselbst wohnhaft. Der verstorbene Mitbruder war schon als Knabe ein guter, nicht ausgelassener u. friedlicher Junge mit guter Begabung u. wuchs zu einem grossen gesunden u. starken Jüngling heran. Im Jahr 1896 verehelichte er sich mit der ehrb. Jungfrau Margarete Noll aus Zürich. Die Ehe blieb kinderlos. Nachdem er 26 Jahre in friedlicher Ehe gelebt, starb seine Ehefrau am 27. Juli 1921. Nach einer Wittwenschaft von $5/4$ Jahren verehelichte er sich zum zweiten Mal am 27. September 1922 mit der ehrb. Jungfrau Maria Furrer von Wallenwil, welche Ehe recht glücklich, aber ebenfalls ohne Kindersegen blieb. Eine Zeit lang war er Nachtwächter, im übrigen war die tägliche Arbeit sein Element, neben der Bewirtschaftung seines kleinen Heimwesens, arbeitete er als beliebter Taglöhner u. als Strassenarbeiter für den Staat.

Als Ehegatte war er ruhig, gelassen, freundlich u. ehrlich; ein guter Nachbar, verlässlich und dienstfertig gegen jedermann. In religiöser Beziehung blieb er immer seinem Glauben *treu, machte eifrig die Frühmessen mit u. man traf seine hohe Gestalt jeden Sonntag unter den Männern in der Kirche. Er war ein guter Mann u. so dürfen wir hoffen dass der Tod ihn nicht unvorbereitet ereilt habe.*

Sein Tod muss ein schneller gewesen sein, denn er wurde arg zerdrückt u. mit gebrochenen Gliedern aus den Trümmern hervorgezogen.

Er erreichte ein Alter von 52 Jahren 8 Monaten u. 21 Tagen.

Der 2. Verunglückte war der ehrs. Jüngling Joh. Bernhard Keiser, geboren am 3. August 1900, der eheliche Sohn der ehrsamen Eheleute Josef Keiser u. Martha Schoch, bürgerlich von Balterswil, wohnhaft in Balterswil. Er war ein guter, williger Knabe, gehorsam u. fleissig in Schule u. Unterricht. Als herangewachsener Jüngling redet alles gut von ihm, dass er ohne Übermut u. freundlich, gegen jedermann anständig u. dienstfertig gewesen sei, namentlich waren die Eltern mit ihm zufrieden, weil er gut, gehorsam u. zurückgezogen war. So war er gern zu hause, auch am Sonntag, u. wenn er fort war, fehlte er nie, immer Sonntag abend pünktlich zum Füttern heimzukommen. Religiös war er pflichttreu wie es in seiner Familie Brauch ist u. hat am Sonntag vor dem Unglück noch zum letzten Mal die hl. Kommunion in der Kirche empfangen.

Er wurde auf der Unglücksstätte zuerst ausgegraben, weil der Ort, wo er lag, sofort kenntlich war, da er noch eine Hand hindurchstreckte, die er anfangs noch bewegt habe. Höchstwahrscheinlich war noch Leben in ihm u. es wurde ihm noch die Lossprechung u. die letzte Oelung gespendet. Wir hoffen, dass der Tod ihn nicht unvorbereitet getroffen hat. Ausser schweren Kopfwunden zeigte er äusserlich keine Verletzungen. Wie er mit seinem älteren Unglücksgefährten viel zusammen

gearbeitet hat, so ruhen sie jetzt zusammen im gleichen Grabe, sie ruhen in Frieden.
Er erreichte ein Alter von 24 Jahren, 5 Monaten u. 13 Tagen.

Es ist ein schwerer Schlag für die beidseitigen Hinterlassenen, aber wir trösten uns mit dem Gedanken, dass unsere Lieben in gutem Mute bei Pflichterfüllung in der Arbeit gestorben sind u. dass sie durch ihren unvorhergesehenen Tod auch eine für alle heilsame Mission erfüllt haben durch die Mahnung, wie rasch u. unerwartet der Tod einen jeden treffen kann. Wie wurden nicht alle ergriffen u. wie viele gute Vorsätze mögen gemacht worden sein! Der liebe Gott hat bei allem seine weisen Absichten, zweifelt auch hart der Mensch daran: Was Gott tut, das ist wohl getan.
    Im Namen des...

Es könnte sein, dass Johann an diesem Grab das erste Mal eine Lebensschau bestürmte.
    Er hatte kaum ein Einkommen und alles, was er besaß, verloren. Er war jetzt einunddreißig und kurz davor, bei den Ledigen im Anbau zu vermodern. Er riss nachts, weil er hungrig war, Fröschen die Schenkel aus und angelte Aale, ewig verfolgt vom Erlenkönig. Er stand oft allein an den Gleisen, an denen einmal am Tag ein leerer Zug kam, und wusste immer noch nicht, woher er kam und wohin er ging.
    Hätte Johann nicht eine Natur gehabt, die den froh ins Leben winkenden Ohren auch in Krisenzeiten folgte, und wäre ihm nicht vom Pfarrer früh genug veranschaulicht worden, wo vom rechten Weg Abgekommene landeten und wie es dort aussah, er hätte wohl seinen Kiesschaufelkollegen in die Grube folgen mögen.

Gottes Mutter, Maria heilige

Zuerst starben alle mit dem Namen Albert, einer nach dem andern, im kleinen Schindelhaus des Wagners hinter dem Blumengarten an der alten Landstraße von Itaslen. Marie schrie und gebar, aber jeder Bub, den sie aus sich herauspresste, starb, bevor er getauft werden konnte. Viermal geschah dies. Alle sollten Albert heißen, nach dem heilig lebenden, missionarischen Bruder Maries in Brasilien; es war wie ein Fluch. Die Ungetauften, auch die Kinder, durfte man nicht im Friedhof begraben, und so wurden Maries Kinder mit der Zeugung unerlöste Seelen und kamen nicht zur friedlichen Verwesung in den Gottesacker mit Paradiesanschluss, sondern zusammen mit den Mördern und Ehebrecherinnen in ungeweihte Erde. Sie wurden Geister.

Es war sehr schwer für Marie, wenn sie am Morgen nach Pfarrer Trabers lautem Messegesang und der tobenden Predigt verstohlen die vier kleinen Gräberchen ihrer Söhne außerhalb der Friedhofsmauer mit Weihwasser besprengen musste. Denn wie alle ungetauften Häufchen Elend, das wusste sie, landeten ihre Kinder in der Vorhölle, dem Limbus, einem Ort zwischen Gut und Böse, statt Pfärrer, Jesuiten und ordentliche Gottesstreiter zu werden, wie man das in der Familie gewohnt war und erwartete. Auch hieß es, dass ihre ungetauften Kinder als Wiedergänger umgehen könnten, die gefährlich waren, weil sie sich gerne rächten für ihr Schicksal und Krankheiten über die Gemeinde brachten. Das Glück der Irdischen konnte ihnen einerlei sein, sie waren Verdammte für immer, weil vom Pfarrer nicht getauft. Beerbt in alle Ewigkeit mit der schlängelnden Sünde der ersten dummen Verführerin und ihres charakterschwachen Gatten und daher nie zugelassen zur Auferstehung ins himmlische Reich. So brauchten sie in den Gräbern auch nicht nach Osten zu schauen, aus der das Heil kommen sollte. Sondern fuhrwerkten als Plaggeister durchs Tälchen der Murg.

Das Weihwasser sollte die erregten Mütchen kühlen. Auch zündete Marie auf den kleinen Grabhügeln die Kerzen an in den roten Gläsern, ein Liebesgruß der Mutter, der die Unruhigen wärmen und ihnen den Weg zurück zum Ruhebettchen weisen sollte, wenn sie wieder einmal ausgerückt waren. Jeden Tag schmückte sie die vier kreuzlosen Hügel mit den schönsten Blüten, die sie in ihrem Garten heranzog, und Marie hatte den schönsten Garten weit und breit. Abends ließ sie heimlich Milch, Brot und Wasser im Haus stehen, damit ihre Söhne in der Nacht daran satt werden konnten, statt zu rumpeln und zu poltern im Haus. »O Herr, gib ihnen die ewige Ruhe, und das ewige Licht leuchte ihnen«, wisperte sie oft, und in den wenigen freien Momenten ihres Tages betete sie Perle um Perle des Rosenkranzes aus schwarzem Bernstein, der nicht nur als Bethilfe diente, sondern auch das Böse fernhielt. Die Geister ihrer vier toten Söhne, die manche fürchteten, wenn sie das Haus besuchten, konnte Marie nie als böse empfinden. Im Gegenteil, sie freute sich heimlich, wenn sie ihr Wirbeln um sich fühlte. Runde um Runde murmelte sie das Ave-Maria und das

Paternoster; sie tat es für das Seelenheil aller und gegen den Fluch, der auf ihr liegen mochte. Und weil ein Rosenkranz nie schaden kann.

Ihr Mann Alois der Wagner saß lieber im Engel zu Bichelsee und spülte den Holzstaub aus der Kehle, der sich dort recht häufig ansammelte. Er war fünf Jahre jünger als die winzige Marie und keiner, der sich etwas sagen ließ, zuletzt von einem kleinen Weib. Einmal in der Woche steuerte er den Inhalt seines währschaften Gemächtes und den Bass in einem gemurmelten Vaterunser zum Wohle der Familie bei.

Man könnte sich fragen, warum die gebildete Marie aus dem frommen und begüterten Hause Wanner, in dem es drei Pfärrer, eine Nonne, einen Missionar in Brasilien, einen Zahnarzt im Welschland und einen Uronkel gab, der für Napoleon an der Beresina verröchelt war, und das als nobleres Geblüt aus dem Elsass stammte, den einfachen Alois Silber von der Itasler Landstraße ehelichte. Sicher war er ein gefragter Wagner, eine stattliche Erscheinung und hatte zweidrei Kühlein. Auch handwerkte er so gut, dass er sich mit den blattscharfen Ziehmessern, aus denen er in seiner Butik die Speichen der Wagenräder schnitt, nie einen Körperteil umformte, auch nicht nach den Schnäpsen, die er vor und nach den Engelsbieren unbeobachtet kippte. Seine Hände waren groß und vollständig, diese Tatsache wurde als eines der vielen Wunder überliefert, mit deren Hilfe Marie die Geschicke der Familie zu steuern suchte.

Konnte es sein, dass ihr das Beten vordem einmal nicht geholfen hatte, als Alois das kühle Wanner'sche Jümpferchen vom Kirchgang nach Hause geleitete, von Bichelsee hinauf nach Itaslen, dem hochblühenden Ufer der Murg entlang? Dass etwas kühn und ganz und gar verboten über ihn kam? Vielleicht kam etwas über sie und entzündete sich, das nur der schöne Alois in der frommen Marie zum Glühen bringen konnte, sodass sie es lodern ließ. Man könnte sich denken, dass unter den kohleschwarzen zugeknöpften Röcken, vor denen stets das Kreuz baumelte, eine unvermutete Leidenschaft ringelte und züngelte. Wie dem auch sei, ich bin den beiden sehr verbunden. Weil nach langem Leiden und Warten der Funke sprang, aus dem irgendwann etwas werden konnte.

Maries fünfte Geburt nämlich, zwei Jahre nach der Jahrhundertwende, muss als ein Wunder erachtet werden. Als Zeichen des Gebieters, dass er ihre Gebete erhört und ihre Hingabe an Alois' nicht erlahmendes Drängen als Opfer angenommen hatte. Marie gebar gleich zweimal hintereinander, an zwei aufeinanderfolgenden Tagen, zwei Mädchen. Die ersten Silbertöchter waren die einzigen Zwillinge weit und breit, die nicht den gleichen Geburtstag hatten, lächelnd kamen beide ins Erdenleben, heißt es. Ida war die Ältere, Martha die Jüngere.

Man könnte den Gedanken haben, das Opfer sei weit höheren Orts angenommen worden, als Marie hätte denken können. Auch, dass Ida und die ihr in nichts ähnelnde Schwester Martha aus Lustbarkeit gezeugt und gegen die Gebote der Kirche wurden, weit entfernt von der Maßhaltediktatur und dem Keuschheitskerker des allmächtigen Pfarrers und seines freudenfeindlichen Chefs. Mir ist, Marie wurde schwanger nach einem älteren, noch höheren Wollen. Seis wies sei; Ida jedenfalls wurde meine Großmutter.

Schon der Name bedeutete etwas Gutes. Ida oder Idda oder Ita heisst auf Griechisch Berg, sogar der eine heilige Berg, auf dem Zeus gezeugt und geboren und in einer Höhle von der Nymphe Ida genährt wurde. In der Türkei ist es ein Berg der Göttin. Bei den alten Iren, die eine Zeit lang gerne in den abgelegenen Wäldern der Ostschweiz umherwanderten und Seelen fingen, war Ida die Mutter von Killeedy, eine weise und als Heilige verehrte Lehrerin der Jugend. Im Sanskrit der alten Inder war sie der Ursprung der Welten, der Himmelswesen und Götter, sie instruierte Manu, ihren Mann, den Gesetzgeber, und weihte ihn in die rituellen Geheimnisse ein; sie verkörperte die Erde und erschien oft in Gestalt einer Kuh. Bei den Germanen war Iduberga eine Frau, in die man sich bergen konnte, sie gab Schutz und war die Patronin der Schwangeren und der Männer im Kampf. Im Altnordischen heißt sie Idun und ist die Göttin der Unsterblichkeit und die Hüterin der goldenen Äpfel am verbotenen Baum. Ida bedeutet im Skandinavischen Frau, im Hebräischen Menstruation, im Althochdeutschen Quell oder Schoß des Wassers oder eines kostbaren Erzes und auch Seherin; in Sizilien heißt idda sie, im alten England gesund und glücklich, im Keltischen Durstlöscherin, im Arabischen froh.

Marie wählte den Namen kaum, weil sie den Sinn gekannt hätte. Sondern weil weit hinten im dunklen Tal der Murg, jener wilderen Schwester der Lützelmurg, der Iddaberg steht. Auf diesem Felsen hoch über dem Rabensteinerwald stand einmal die Iddaburg. Sie gehörte einem Grafen, der eine edle Jungfrau Idda über die Maßen begehrte. Aber dieser Teil der Legende mag in der Bichelseer Gegend weniger von Bedeutung gewesen sein als der Umstand, dass die keusche Jungfrau Idda bereits vermählt war und dass sie daran festhielt, obwohl sie des Grafen Weib werden musste. Denn schon in früher Jugend hatte sie sich einem anderen versprochen, einem himmlischen Bräutigam, an dessen Herrlichkeit keiner, weder König noch Graf, herankam. Das trug ihr dann später die Heiligsprechung ein und natürlich den Zorn des Grafen von Toggenburg. Verschmähte Liebe ist wie ein Sturzbach in einem zu kleinen Bett, in keinem Bett, verheerend.

Über der heiligen Idda brachen die Himmel ein, das Schicksal und ihr Angebeteter im Jenseits prüften sie hart. In einer langen Abwesenheit des Grafen verlor sie den Ring der irdischen Ehe; er wurde ihr gestohlen, wie es heißt, als sie ihren schönsten Schmuck ins Fenster legte. Das kam dem Gatten zu Ohren, worauf er zurückeilte und Idda im Zorn des Zu-kurz-Gekommenen über die Felsen warf, hinunter, ins Nichts. Und nun kommt der Teil der Legende, der dem Landstrich Heiligenruhm brachte und meiner Großmutter wohl den Namen. Idda wurde nämlich aufgefangen, mitten im freien Fall, vom starken Arm ihres göttlichen Herrn. Sie gelobte ihm: »Ich will von nun an nur noch Dein sein.« Und so wurde sie Einsiedlerin, ging in den Wald und tauschte sich Tag und Nacht mit ihm aus in Gedanken, in jenen virtuellen Gesprächen, die man Gebete nennt. Dabei wurde sie, so heißt es, eine weise Frau, sie spendete Schwangeren Rat und Unglücklichen Trost und beschützte und heilte auch Tiere.

Auch dem Burgherrn kam der legendäre Ruf der fremden Zauberin, die in einer Waldhöhle lebe, zu Ohren. Er suchte sie, erkannte sie wieder; und seine Liebe schwoll ihr in alter Kraft und neuer Wärme entgegen. Idda war milde, sie vergab ihm; aber die wild Lebende wollte ihm nicht mehr angehören, sie folgte ihm nicht, ging nicht mit in seine Burg. Und des Grafen Seelengröße wuchs über ihn hinaus, er akzeptierte Iddas Wahl, versorgte sie mit allem, was sie brauchte, und blieb in ihrer Nähe.

Darob verstarb er früh. Man vergrub ihn in der Erde an der Mauer vor Iddas Klause; an ihrer Seite vermoderte der Gatte.

Idda war sehr beschäftigt, tagsüber mit dem Herstellen von Heilmitteln aller Art, nachts schlief sie wenig, weil der Wald erwachte und sie Seine Botschaften las. Dabei wurde sie immer wieder erschreckt vom Teufel und gestört von Plaggeistern, die ihr das Licht ausbliesen. Und es geschah ein weiteres Wunder. Idda streckte, erschöpft vom Geisterschabernack, ihre Kerze aus dem Fenster, genau über dem Grab ihres irdischen Mannes, und seufzte: »*In Gottes Namen, so zünde mir die Kerze an.*« Und der Graf bewies ihr noch einmal seine Treue und gab ihr sein Feuer. Es heißt, eine flammende Totenhand habe sich aus der Erde erhoben, und ein Wispern sei durch den Wald gegangen: »*Idda, nimm dies Licht aus meiner Hand, Von Toggenburg bin ich genannt.*« Und wenn sie nicht gestorben wäre, der treue Mann liebte sie heute noch.

Eine Heilige entstieg schließlich dieser traurigen Geschichte, und der uralte Ort der Idda wirkt weiterhin Wunder, wenn man den Mut hat, die Füße ins Loch unter ihrem versteinerten Leib zu schieben.

Vermehre Glauben
den uns der, Jesus

Nach Ida und der Zwillingsschwester Martha überlebten noch sechs weitere Mädchen, und Alois schnitzte ihnen Schaukelpferde, verbot ihnen die Messer in der Butik und hoffte im Engel auf einen Sohn. Auch Marie betete darum, und eines Tages war es so weit. Man beschloss jedoch, nachdem ihr zartes Bäuchlein das dreizehnte Mal zu wachsen begonnen hatte, im Sohnesfalle sicherheitshalber nicht wieder den Familienheiligen Albert zu berücksichtigen. In Albert steckte Adalbert, was von alters her eine edle, ja glänzende Abstammung bedeutete. Trotzdem sollte Onkel Pater Albert, ein Bruder Maries, der sein Leben als Vorbild bei den Heiden im brasilianischen Urwald veropferte, in diesem schwerwiegenden Ausnahmefall ins zweite Glied zurücktreten. Ohnehin hatte man den Namen schon in Ermangelung eines männlichen Trägers in der etwas behelfsmäßigen Form Albertis einem der vielen Mädchen gegeben, an dem sich dann übrigens das Wunder der Namensorakelei auf Schönste vollzog, indem sie in die Fußstapfen des Onkels trat.

Seis drum, man beschloss also, auf Alois zu setzen, nach dem Vater, der zwar kein lupenreines Kirchenlicht im Wanner'schen und auch des Dorfpfarrers Sinn war, es aber bisher im Ganzen und Handfesten recht gemacht hatte.

Alois senior, der bei der Namenswahl wie auch in den meisten anderen Bereichen des Haushalts vielleicht etwas zu melden, aber nichts zu entscheiden hatte – obwohl nach außen hin das zarte Frauenzimmerchen ganz unter seiner Herrschaft stand –, Alois senior lehnte an diesem denkwürdigen Tag in seiner Butik und brachte nichts Rechtes zustande. Er war überwältigt, zu Tränen gerührt. Mehrmals am Tag schlich er sich aus der Werkstatt über die Straße ins Wohnhaus und nahm seinen Sohn in die Arme, denn mein Urgroßvater, und ich mit ihm, wollte sichergehen, dass der Kleine gedieh. Und Alois Albert durchbrach den Fluch, der in der Familie auf der männlichen Nachkommenschaft zu liegen schien, er überlebte und übernahm später das Häuschen, das immer noch da steht, mit der Werkstatt, die nicht mehr ist.

Wunder geschahen eben gern am heiligen Strich, davon wird noch oft zu berichten sein. Mein Vater, der in wagemutiger Tradition Albert Alois zu heißen kam und dieses Namensabenteuer dem Himmel sei Dank ebenfalls überlebte, Albert mein Vater war einmal im Blumengartenhaus untergebracht. Er war ein paar Jährchen alt und wohnte als Ferienkind in dem Zimmerchen im ersten Stock, direkt über der schönen Josefa, die nach Ida und Martha auf die Welt gekommen war und früh an Kinderlähmung erkrankte, so stark, dass sie außer den Händen und dem Kopf nichts bewegen konnte. In den Händen bewegte sie selbstredend den Rosenkranz, im Kopf aber hatte Josefa allerlei Scherze. So erzählte sie dem kleinen Buben aus der Stadt, der sich auf ihrer Bettdecke gerne erschrecken ließ, von den flinken Mäuschen, die aus dem Astloch in der Wand über dem Bett hervorkröchen und ab und zu bei Buben unter die Decke krabbelten, um an allem zu knabbern, was an ihnen vorstand.

Albert stopfte das Astloch mit alten Zeitungen zu, die so steif waren, dass sie das Loch nicht restlos füllten, und behielt nachts die Unterhosen an, lose Ungetüme, die ebenfalls keinen verlässlichen Schutz boten. Mein Vater schlief meistens schlecht in Italsen und metzelte später Mäuse zu Tausenden, überbrachte ihre abgeschnittenen Hinterteile wie Skalps an Ringen den Behörden und kassierte dafür Schwanzgeld. Er ertränkte sie in ihren Gängen mit raffinierten Methoden, lockte sie später mit noch raffinierteren Menüs in Käfige, wo sie eine Guillotine köpfte, oder er fuhr sie, als wir schon erwachsen waren und ihn ein wenig zur Raison brachten, kilometerweit in abgelegene Gegenden am Sihlsee, aus denen sie nie wieder in seine Nähe fanden. Das alles mit einer Empfindungslosigkeit, um nicht zu sagen Mordlust, die für ihn, einen friedliebenden Menschen, höchst untypisch war.

Und da gab es also diese Nacht, als Albert meinem Vater das Wünderli geschah. Oft hatte Ida Geschichten erzählt von den armen Seelen, die im Dunkeln weinten und gefährliche Spiele trieben, vom Ewigen Juden, der besonders im Hinterthurgau wanderte und jammerte, von all den unerlösten Gesellen, die einen in Versuchung brachten und das Leben schwer machten. Sie hatte auch keine Gelegenheit ausgelassen, vom Wunder in der Kirche zu Bichelsee zu berichten, und immer wird ihre Stimme diesen singenden, unheimlichen Klang gehabt haben, der später in Alberts Balladen wiederkam.

Es hatte nämlich der Pfarrer gezweifelt. Seit einem halben Jahrtausend war Bichelsee umzingelt und umkämpft gewesen von falschem Glauben. Direkt hinter dem See, wo das Ufer im aaligen Sumpf verlandete, begann der Kanton Zürich, der vor langer Zeit vom rechten Geist abgefallen war. Mehrmals hatten die Reformierten die katholischfromme Gegend überrannt mit ihrem revolutionären Gedankengut, sodass die Hinterthurgauer den alten rechten Glauben mühsam wieder an sich zerren mussten. Sogar das Kloster Fischingen hinten im Tal, das mit seinem berühmten Steinmal an die Waldheilige erinnerte, war vorübergehend in frevlerische Hände gefallen und hatte während langer Zeit leer an der Straße ins Toggenburg gestanden oder als Heim für arme Teufel und Waisenkinder dienen müssen. Die Bedrängung durch den Falschglauben ging so weit, dass der ehrwürdige Evangelist Traber die Kirche in Bichelsee, die er hütete wie seinen Augapfel und nach eigenen Plänen ausbauen ließ, mit einem Falschprediger teilen musste. Diese oft verheirateten Heidenpriester wurden von Zürich ins Hinterthurgau strafversetzt; sie blieben meist nicht lange, aber leider kam immer wieder ein neuer, dem man den Weg zur Hölle oder in den Himmel weisen musste. Seit den blutigen Tagen der Reformation hatte es in der Bichelseer Kirche sogar zwei Kanzeln gegeben, sodass man bei der Predigt nicht in den Geruch des falschen Glaubens kam. Beim Eintreffen des jungen Evangelisten Traber war die zweite zwar verschwunden, der falsche Glaube jedoch nicht.

So gehörte vom Morgen früh bis um elf Uhr die Kirche der Katholischkeit mit ihrem immer dünner werdenden Chor; nach elf erklangen die Worte reformierter Ketzer von Trabers erschütterter Kanzel. Unermüdlich habe er mit der Falschgläubigkeit gekämpft, sagte Ida. Und sie erzählte Albert, dass auch der Pfarrer hochselbst einen Moment dem Teufel erlegen sei, einem Zweifel. Nach langen Streitgesprächen mit dem reformierten Gegner, der des Nachts bei einem Weibe lag, sei es geschehen. Der brave katholische Gottesmann habe bei der

Wandlung die weiße Hostie mit beiden Händen zum Himmel emporgehoben und die Worte sprechen wollen, nach denen die Ministranten mit den Glöckchen freudig hätten bimmeln sollen: »*Dies ist mein Leib, der für euch hingegeben wird.*« Dass der Kirchenmann für einen Sekundenbruchteil einen Leib gesehen hätte, der sich hingab, und dass ihn dann ein Zweifel schlug, wie er ihn nie gekannt habe, erzählte Ida natürlich auf keinen Fall. Sie berichtete nur, der Pfarrer habe für einen viel zu langen Moment gezögert, bevor er die heiligen Worte sprach. Und in dieser Zweifelssekunde auf dem Altar in der alten Kirche zu Bichelsee, so ist überliefert, schossen aus dem Fensterbild über dem Priester zwei lange Arme hervor. Das Bild habe zu strahlen begonnen, und die Arme des Heilands wurden immer länger, nahmen dem versteinerten Pfarrer das Plättchen aus den Händen, das auch zu leuchten anfing, und hielten es der Gemeinde entgegen. Die Glöckchen erklingelten, und der arme Pfarrer beeilte sich, die Worte zu sagen, die ihm nun in ihren alten Reinheit über die Lippen kamen: »*Hoc est enim corpus meum.*« Für immer sei der Pfarrer geläutert gewesen, und die Gemeinde mit ihm, und mit einem Pling ließ der lange Arm Gottes die Hostie in den goldenen Teller fallen und zog sich ins Bild zurück.

Alberts Ferienwünderchen in Itaslen nun also wäre nicht hervorgerufen worden, weil der Bub an irgendetwas gezweifelt hätte. Der liebe Gott schickte es ihm sozusagen vorbeugend. Albert hatte von Ida gelernt, dass man ein Nachtgebet sprach, worin man Sünden bereute, die man bekennen, aber nicht unbedingt kennen musste, und worin man sich vornahm, was man besser machen wollte, ohne unbedingt zu wissen, was besser war, und in das man alle guten und alle schlechten Menschen und den verröchelten Onkel an der Beresina stets mit einschloss. Man durfte eher das Zähneputzen vergessen, das mit den englischen Soldaten nach Örlikon kam, als das Gutenachtgebet. Als aber Albert einmal in Itaslen war, vergaß er das Beten nicht nur, er ließ es regelrecht absichtlich weg, einfach um zu schauen, was passierte. Er lag also in seiner Kammer im Bett, allein, was ihm seltsam vorkam und nicht besonders angenehm war, aber nichts geschah, und Albert schlief ein. Mitten in der Nacht jedoch sei er aufgewacht, weil er hörte, wie jemand den Lichtschalter drehte. Es war ein Lichtschalter jener Zeit, in der die Erfinder stolz waren auf das, was sie erfanden, und darum auf jedes kleine Detail achteten, etwa auf den Klang, der entstand, wenn man das Licht andrehte, und so ertönte in Alberts Kammer ein deutliches und präzises Glagg. Alles normal, das einzig Seltsame daran war, dass kein Licht anging. Dann hörte Albert Schritte im Stockfinsteren heranschlurfen, und jemand seufzte und strich ihm über die Schulter und über den Arm, so wie man es tut, wenn man jemanden sanft wecken will. Dann entfernten sich die Schritte wieder, der Schalter machte wieder Glagg, und die Tür fiel leise ins Schloss. Dunkel sei es geblieben, wie vorher.

Lange Zeit rührte sich Albert nicht und tat so, als ob er schliefe. Dann ahnte er, dass das einer seiner Namensvorgänger gewesen sein musste, die sich im Limbus langweilten. Oder der hingesiechte Onkel bei den Heiden im Urwald oder der zerlöcherte Uronkel von der Beresina in Russland, der extra den weiten Weg hergeflogen war, um ihn ans Nachtgebet zu mahnen, das sie dort drüben so bitter nötig hatten. In einem Buch hatte Albert den schön bebilderten Bericht gefunden, wie man christliche Kreuzfahrer kochte. In Palästina war das, wo sie wie der Onkel an der Beresina in fremden Diensten heilige Kriege führten, zu diesem Zwecke metzelten, was das Zeug hielt, und gemetzelt wurden, was leider unvermeidlich war. Gekocht wurden sie nicht von den Heiden, sondern von den Geistlichen, die die zerstückelten Helden in Töpfen brühten, bis das Fleisch von den Knochen fiel und man die Gebeine in Schreine packen und in die ferne Heimat schicken konnte, damit sie dort verehrt und bestattet wurden und nicht einfach verscharrt in fremder, ungeweihter Erde. Albert war immer froh für seinen Urahn gewesen, dass es ihn mit Napoleon erwischt hatte und nicht mit den Kreuzrittern, für die der Beresinaonkel, wie er die Familie kannte, sicher ein Flair gehabt hätte, und dann wäre er in einer Bouillon verendet statt in einem Lied mit vielen mutigen Brüdern. Ich stelle mir vor, dass mein Vater die Hände faltete und unverzüglich sein Nachtgebet nachholte. Und bis er Sophie kennen lernte, ließ er es nie mehr aus. Am anderen Morgen habe er jeden Einzelnen im Haus gefragt, ob er nachts ins Zimmer gekommen sei. Aber niemand war gekommen, und heute noch ist Albert sicher, dass das ein Wink war, von Albert zu Albert.

Wenn alles mit rechten Dingen zugegangen wäre, hätte es Albert nicht gegeben. Und mich nicht. Wie es schon Ida nicht gegeben hätte. Aber zum Glück ging nicht alles mit rechten Dingen zu, die Dinge kamen vom rechten Weg ab und wurden, was sie wollten. Nach Idas Lebensplan wäre ihr kein Kind entsprungen. Zuallerletzt wäre eins ihrer Freude entsprungen, da Freude bekanntlich Sünde war ganz im Allgemeinen und im Körper ganz besonders. Aber Kinder kommen, wie die Liebe und das Glück, selten nach Plänen von Lebensbuchhaltern.

Ida überlebte die Wahrscheinlichkeit und wuchs in Kriege und Krisen hinein. Sie war intelligent und nie um eine Antwort verlegen, sodass Lehrer Knecht fand, sie sollte in die katholische Sekundarschule wechseln und einen rechten Beruf lernen. Aber der erste Krieg brach aus, als sie gerade zwölf war, und ihre Schwester Josefa, die Dritte in der Reihe der Mädchen, bekam Fieber und mörderische Krämpfe, die ihr für immer die Glieder verbogen. Man hatte im Blumengartenhaus an der alten Itasler Landstraße andere Sorgen als hochtrabende Zukunftspläne für Ida.

Ich weiß nicht, ob sich Ida ohne zu murren fügte. Sie machte die acht Grundschuljahre und schaute dann, dass sie ein Einkommen hatte, um die Familie zu ernähren. Mit dem ersten Krieg kam auch noch die Grippe, die spanisch hieß, obwohl sie in den USA entstanden war, dann der Landesstreik und all die Krisen, die in ein mörderisches Chaos mündeten. Ida arbeitete und betete und hatte nur einen Wunsch, nämlich ins Kloster gehen zu dürfen, sobald die Unterstützung von der Familie nicht mehr gebraucht würde. Es ist nicht überliefert, wann sie sich entschieden hatte, Nonne zu werden; vielleicht war ihr das stets so selbstverständlich, dass sie sich gar nie zu entscheiden brauchte. Sicherlich geschah es sehr früh und ohne viel Aufhebens, wie sie gehen oder lesen und schreiben lernte. Vielleicht aber hatte sie sich mit dem Keimen schwärmerischer Gefühle als junges Mädchen für jenen Bräutigam entschieden, der so überwältigend schön und vollkommen war, dass sie immer weiche Beine bekam, wenn sie ihn sich ausmalte.

Ida war gern gesehen in der Gemeinde, trotz ihres wenig demütigen Charakters. Sie konnte anpacken, wusste, was es zu tun gab, und war den meisten oft um ein paar Gedanken und Handgriffe voraus. Ihr energisches Wesen war zuverlässig, geschickt und auf eine einfache Art ebenmäßig. Die saphirblauen Augen und die lockenden schwarzen Haare nahmen dem ovalen Gesicht mit der schmalen Stirn die Unerbittlichkeit, machten es aber nicht wärmer. Idas Blick hatte nichts Einladendes. Er war prüfend und eine Spur zu direkt. An Freiern habe es nicht gemangelt; Ida sei umschwärmt gewesen, heißt es, aber nie habe sie sich von einem der verlumpenden Rankensticker ausführen lassen. Eine Zeit lang arbeitete sie bei der Post, dann war sie Vorstickerin in einem Schifflistickerbetrieb, und mit der schönen Stimme, die man trotz der Helle weit herum hörte, habe sie stets religiöse Lieder angestimmt und die Lumpenlieder der Arbeiterinnen zum Verstummen gebracht. Bis ins Pfarrhaus habe man das gehört. Singen war, neben dem Beten, das einzige Vergnügen, das meine Großmutter sich gestattete.

In jeder freien Minute war sie im Pfarrhaus anzutreffen; Ida ging dort ein und aus wie eine enge Vertraute. Sie war Vorsteherin der Jungfrauenkongregation, und oft half sie Veronika, der Schwester des Pfarrers, die neben dem pfarrherrlichen Haushalt und tausend anderen Aufgaben bescheiden im Hintergrund auch die Sparkasse führte. Veronika war des Evangelisten treueste Seele und übernahm, was übernommen werden musste, eins ums andere und immer mehr. Auch sie blieb lebenslang ledig in Brudersdiensten, und obwohl sie hin und wieder den Pfarrer samt Kasse »ins Pfefferland« wünschte, wie es heißt, und sie sich mit derartigen Explosionen wohl Luft verschaffte, wanderten ihre Augen- und Mundwinkel bald immer weiter hinab unter der Stirn, die von einem Haarhelm geharnischt wurde, aus dem es kein Entrinnen gab.

Es ist anzunehmen, dass Ida im Pfarrhaus den letzten Schliff in der Kunst des Haushaltens bekam. Es ist auch vorstellbar, dass der Pfarrer ihr weit mehr als Seelsorger war, dass er ihr Lebensvorbild, Mentor und Fels in der Wüste bedeutete und sie sich deshalb gerne in seinem Schatten aufhielt. Ab und zu schmückte sie seinen Schreibtisch, an dem er mit dem Federkiel und schwarzer Tinte die furchteinflößenden Predigten krakelte, in einer Schrift, der man den Furor seiner Gedanken von weitem ansah. Sie schmückte den Schreibtisch mit Blüten aus dem Blumengarten, mit roten und weißen Blumen, einer Zusammenstellung, die dem Pfarrer besonders gefiel, Versuchung und Tugendhaftigkeit. Ohne Versuchung keine Tugendhaftigkeit. Ida steckte immer mehr weiße Blüten hinein als rote.

Sie kannte des Pfarrers innerste Räume, sie sah ihm sozusagen unter die Kutte, denn sie wusch auch seine Wäsche. Meine Tante erzählt, dass in der Familie nur hinter hervorgehaltener Hand über die Schlafkammer des Gottesmannes gesprochen worden sei. Von Ida nie. Aber ihre fröhliche Schwester Ilsi, die Zweitjüngste in der Mädchenreihe, die dann Johanns Bruder Jodok in Ifwil heiratete, war eingeweiht. Des Pfarrers Kammer soll von furchterregender Unordnung gewesen sein. Von geradezu heidnischer Unaufgeräumtheit. Und die Laken, so hieß es hinter den Frauenhänden, die sie wuschen, seien starr gewesen von allerlei Schmutz. Auch eine eiserne Dornenkrone und eine Geißel habe man finden können, die Werkzeuge der Abtötung auf dem Kreuzweg ins Paradies.

Ida scheint jedes Wort der pfarrherrlichen Lebensmaßregelei verinnerlicht zu haben. Meine Tante sagt, und sie sagt es mit Zorn, dieser Pfarrer habe die Mutter auf dem Gewissen. Und damit auch mich um ein Haar. Der Evangelist sei – trotz Mütterverein und Jungfrauenkongregation – ein Frauenverächter gewesen. Ein Frauenhasser, sagt die Tante. Man könnte den Gedanken haben, weil die Weiblichkeit seine Himmelfahrtsstrategie und Jenseitsziele störte und mehr Macht ausübte, als ihm lieb sein konnte.

Und vielleicht war der Kirchenmann seinerseits, weil er sie mit Inbrunst verachtete, stets umgeben von Weiblichkeit, die ihn verehrte, ihm die Wünsche von den Lippen ablas und die Wäsche wusch. Als schienen Frauen von Verachtung seltsam angezogen.

Meine Großmutter scheint sehr früh beschlossen zu haben, ihre Reize aus dem Verkehr zu ziehen und hinter Klostermauern zu sperren, auf Erden nur im geistigen Austausch sich vom Göttlichen berühren zu lassen und dabei nach Möglichkeit heilig zu werden. Billig kam sie nicht davon. Denn der Herr prüfte.

In den schweren Krisenzeiten wäre es ihr nicht eingefallen, den sehnlichen Wunsch, Nonne zu werden, vor der Familie zu äußern. Schließlich trug Ida als Älteste die Hauptsache zum Lebensunterhalt bei. Sie behielt das Geheimnis tief versteckt unter der gestärkten Bluse und wartete auf günstigere Zeiten. Und so kam es, dass die jüngere Schwester, Albertis, die Vierte in der Mädchenreihe, ihr zuvorkam. Die Jüngere zögerte nicht, den Ruf, den sie unter des Pfarrers Anleitung verspürte, der Familie zu verkünden. Man staffierte Albertis mit Idas Geld zur Braut des schönsten Bräutigams aus und ließ sie mit einer Mitgift nach Ingenbohl gehen, wo sie Nonne werden und den Beruf der Krankenschwester lernen konnte. Ida aber blieb im Hinterthurgau, betete hart und arbeitete weiter.

Auch Idas Schwester Anny betete mit dem Evangelisten und war des Pfarrers Feuereifer ausgesetzt. Sie war die Jüngste in der langen Silber'schen Töchterreihe und heiratete früh. Die zarte, hübsche Anny ehelichte einen musizierenden Lehrer; sie mochte ihn sehr und freute sich auf viele Kinder, die bald kommen sollten. Es kamen aber keine. Anny erzählte später Ida, sie habe mit ihrem Mann die Ehe nicht vollziehen können, und meine Tante hörte es, versteckt hinter einer Tür. Ihre Verzweiflung habe Anny dem Pfarrer gebeichtet. Der verwies sie nach St. Gallen, wo Ehen für ungültig erklärt wurden, denn vor Gott war eine Ehe, die nicht vollstreckt werden konnte und somit dem Herrn keinen Nachwuchs bescherte, keine zu rechtfertigende Verbindung und das Teilen von Tisch und Bett infolgedessen sündig. Anny gehorchte, suchte auf Anraten des Thurgauer Sachverständigen einen ebensolchen im St. Gallischen auf. Der besah sich die Schöne und schied von ihr, was nicht aufrecht Früchte in ihr erzeugte. Er riet der Verzweifelten auch, sofort zur Kur zu gehen, um sich von der ungültigen Ehe zu erholen, und nicht zum Mann zurückzufahren, der vor Gott nicht mehr ihr Gatte sei. Und er gab ihr die Adresse eines gottgefälligen Hauses.

Anny tat, wie ihr geheißen, verließ ihren samenfaulen Ehemann und legte sich ermattet im Kurhaus aufs Bett. Da sei in der Nacht plötzlich eine Tapetentür aufgegangen, und der Ehescheider sei ins Zimmer getreten und habe seinerseits eine Prüfung von Annys Ehefähigkeit angeregt. Der Pfarrer habe sich auf sie gestürzt, erzählte Anny Ida vor der Tür, hinter der meine Tante lauschte. Sie habe jedoch unversehens wieder Kraft gehabt, habe den Pfarrer zu Boden geworfen und sofort die Koffer gepackt. Geläutert kehrte Anny zu ihrem Ehemann heim, den sie fortan gerne und oft in die Arme nahm, und sie lebten glücklich bis ans allzu frühe Ende von Annys Tagen, ohne sich vermehrt zu haben.

Ida warf ihr Sünde vor im Gespräch unter Schwestern, sodass der lauschenden Tante hinter der Tür herausrutschte: »Aber der Pfarrer ist doch ein Saucheib!«

Sie bekam von Ida eine Ohrfeige und die Ermahnung: »Die größte Sünde ist, so von einem Priester zu reden.«

In der Familie wurde weitergeprüft, seit Anbeginn schien der Allmächtige eine seltsame Freude an Prüfungen zu haben. Er pflückte kurzerhand die beiden Schwestern Pia und Priska, ließ sie an Tuberkulose eine Weile elend siechen und nahm sie dann zu sich, obwohl der Pfarrer mehrmals Pülverchen vorbeigebracht hatte. Einmal mehr prüfte der Allwissende damit die zerbrechliche Marie und auch den braven Alois, die damit bereits sechs Kinder innerhalb und außerhalb der Friedhofsmauer hatten vergraben müssen.

Nachdem sich Schock und Entsetzen gelegt hatten, wollte Ida endlich einen Anlauf nehmen und ihren sehnlichsten Wunsch, nur noch dem Freudenreichen anzugehören, kundtun. Doch bevor sie Worte fand für das, was ihr Herz schön und weich machte, hatte der Unergründliche sein Auge auf Josefa geworfen, die gelähmte Schwester.

Für Josefa hatte er sich eine besonders scharfe Prüfung erdacht, indem er sie ans Bett fesselte und in der Kammer hinter der Küche im Blumengartenhaus vierzehn Jahre lang isolierte. Nach der Viruserkrankung konnte sie keinen Schritt mehr tun, sie schrieb mit dem halb gelähmten Arm Briefe, ansonsten betete sie und wartete auf ein Wunder. Sie war eine anmutige Frau mit dem dunklen Zigeunerhaar des Vaters, auch ihre Gestalt und die Augen hatten etwas Ungezähmtes und zugleich Zärtliches wie die von Alois. Marie schloss die Gelähmte unermüdlich in alle Fürbitten ein, und tagsüber, wenn Ida nicht zu Hause war, pflegte die kleine Frau alle allein und versorgte neben den beiden Blut hustenden Kindern auch die gelähmte Josefa.

Ich nehme an, die groß gewachsene Josefa musste Stoffwindeln tragen, weil sie die Mutter ohne Hilfe nicht zur Toilette bringen konnte. Oder vielleicht kam Alois aus der Werkstatt angestapft und schloss die Tochter in den warmen Harzduft seiner Arme, trug sie hinaus aufs Plumpsklo, wo er auf sie wartete, bis sie fertig war. Vielleicht setzte er sich derweil an den Küchentisch, legte die Stirn in die Hände und schlief ein paar Minütchen, wie er das auch nach dem Mittagessen machte, sodass Albert mein Vater oft daneben stand und ihn ein wenig anschubste, um zu schauen, ob er wirklich schlief und vom Stuhl fiel, was aber nie geschah. Alois erwachte, bevor Josefa rief, stellte die schwarze Haarbürste, die ihm die Hände arg an den Kopf gedrückt hatten, wieder auf, holte seine lahme Schöne auf dem Abtritt und legte sie sorgsam ins Bett in der Kammer. Ich stelle mir vor, dass eine ungeahnte Zartheit in die harten Händen kam, wenn er die kraftlosen Glieder seines Kindes an ihren Platz legte und ihm über den schwarzen Zopf fuhr, was er nur tat, wenn sonst niemand im Zimmer war.

Josefa haderte nicht mit dem Schicksal; sie hoffte auf ein Wunder und welkte. Um den Wundern nachzuhelfen, fuhr man ab und zu an Orte, an denen das Funknetz zum Allmächtigen stärker strahlte, wie es hieß, wo die Rosenkränze inniger und so ohne Unterlass gebetet wurden, dass der Großgnädige nicht umhinkonnte, sich ab und zu umstimmen zu lassen und aus den Heerscharen von Geprüften eines herauszupicken und an ihm Gnade walten zu lassen. Einsiedeln, Sarnen, Sachseln oder gar das ferne Lourdes gehörten zu diesen Orten himmlischer Magie, und wenn die umsichtige Mutter Marie genug vom Wenigen abgespart hatte, konnte man ein Reislein machen. In Josefas Kammerdasein waren Wallfahrten eines der wenigen Vergnügen, ein anderes war Briefeschreiben. Viele schrieb sie an Ida, mit der sie ein inniges Verhältnis pflegte, besonders später, als des Allmächtigen Ratschluss Ida statt ins Kloster ins falschgläubige Zürich abführte. Josefa in der stillen

Kammer mochte die Einzige gewesen sein, der Ida ihre Verlobung mit dem Himmelsschönen und ihre Verzweiflung anvertraute. Solange dieser Josefa noch nicht holte, blieben die Schwestern in enger Verbindung.

Meine Lieben!

Empfange Du, liebe Ida, (meinen) unseren herzl. Dank für Dein lb. Schreiben. Es ist recht, dass das Fleisch noch gut war. Das glaube ich gerne, dass Ihr Abnehmer fandet.

Ich möchte Euch nun mitteilen, dass wir die Wallfahrt nicht diesen Sonntag ausführen, da wir für heute das Krankenauto nicht hatten haben können; es ist gut, denn das Wetter ist ja heute Sonntag schrecklich. Wir werden über den Rosenkranz-Sonntag gehen, sofern nun nichts dazwischen kommt; hoffentlich nicht, aber man ist ja nicht sicher. Wir würden Samstag-Morgen nach Einsiedeln gehen & dann am Sonntag auf Mittwoch nach Sarnen zum Sarner-Jesuskindli & am Nachmittag gegen Sachseln, wo wir bis Montag Nachmittag bleiben werden. Wir würden dann also am Montag Abend bei Euch vorbei kommen, also sofern nichts dazwischen kommt. Wir wollen hoffen, dass alles gut geht.

Scheints ist Sr. Albertis in Oerlikon. Wir waren nicht wenig erstaunt das zu vernehmen. Hoffentlich muss sie in Oerlikon nicht wieder fort. Das wäre schon ein bisschen Schikaniererei.

Nun höre mal, liebe Ida, sei so gut & gib beiliegendes Briefli Sr. Albertis. Ich möchte sie um die Fussnagel-Zange bitten. Ich habe so dicke, verknorpelte Zehnägel, die man mit dem besten Willen nicht mehr weg bringt mit der Schere. Wusste gar nicht, was machen. Ich dachte nun, wenn Sr. Albertis dieses Fussnagel-instrument Dir gäbe & Du liebe Ida es mir sofort senden würdest, damit wir die Füsse noch in Ordnung bringen können vor

der Reise, & dann würden wir es grad wieder mitbringen, wenn wir nach dorten kommen. Ich werde Dir Porto schon vergüten.
 – Und gelt, den Thee, Goldrute, Knöterich & etwas Süssholz (auch zu Thee) besorgst mir auch. Auch wäre ich sehr froh, wenn Johann mir im Geschäft 1–2 Büchsen Biomalz mit Kalk & Magnesium besorgen könnte, bis dahin. Für die Mühe zum Voraus innigsten Dank!
 Will nun für heute schliessen. Noch innigen Dank für die Teppichstücke, sind noch recht für die Küche. Empfanget innige Grüsse von uns allen, bes. v. Josefa

Josefa wallfahrte nicht nur in eigener Sache, sie erbat sich auch für andere Geprüfte Heilung. Besonders gerne nähte sie kleine Dinge an die Briefseiten, ein graues fädiges Stoffstückchen zum Beispiel, mit dem Stempel *Sachseln Pfarramt – Berührt an den Reliquien des selg. Niklaus von Flüe*. Idas Leben hing nämlich lange Zeit an einem Faden; beinahe wäre die Geburt ihres jüngsten Sohnes das Ende ihres Kreuzwegs geworden

Meine Lieben! Liebe Ida!
 Wir sind gestern Abend um 8 Uhr noch gut heimgekommen. Kaum waren wir daheim, als es zu winden & zu regnen anfing. Hl. Petrus hat es mit uns ausserordentlich gut gemeint, wir hätten das Wetter nicht schöner wünschen können. Ich fühle mich gar nicht so müde. O, es waren herrliche Tage & überall war man mit uns so gut.
 Eines tat mir nur leid, dass ich Dich gestern Abend nicht sehen konnte; wie gern wäre ich hinauf gekommen, wenn es gegangen wäre. Doch wir hoffen, dass es bald ein Wiedersehen gibt. Am Sonntag-Abend habe ich erst erfahren, dass Du so sehr krank bist. Ich war dann in grosser Sorge um Dich. Habe

am Montag bei Bruder Klaus auch ganz besonders immer für Dich gebetet & Dich dem Gebet der beiden herzensguten Priester Kaplan & Pfarrhelfer empfohlen. Auch in Einsiedeln & Sarnen habe ich fest für Dich gebetet obwohl ich nicht wusste, dass es mit Deiner Erkrankung so schlimm war. Nun hats doch schon etwas gebessert gelt. & Gott wird weiter helfen. Ich werde noch ins Kloster nach Sarnen schreiben & Dich dem Gebete der guten Schwestern zum Sarner-Jesuskindli empfehlen. Hab nun auch grosses Vertrauen zum wundertätigen Sarner-Jesuskindli; ich habe von den Schwestern ein Büchlein erhalten, wo alles von Gebetserhörungen drinsteht. Daraus ersehe ich, dass das Sarner-Jesuskindli, das ich berühren & küssen durfte, besonders gern Kindern & Müttern v. kleinen Kindern hilft. Es wird auch Dir helfen. Versprich Du ihm, wenn es Dir helfe, eine Wallfahrt zu ihm & dass Du zu seiner Ehre 1 oder 2 hl. Messen lesen lassest. Auf diese Versprechen hin, erhört es, laut Büchlein, bes. gern. Sag ihm nur, dass Deine Kinderlein Dich sehr notwendig haben. Und vor allem versprech ihm, dass Du nachher, jeden Tag mit den Kindern zu seiner Ehre 1 Vaterunser beten wollest, gelt. Ich schenke Dir das Täfeli vom Sarner-Jesuskindli, leg es oft auf Dich, & stell es sonst, so lange Du im Bett bist aufs Nachttischli. Nachher in die Stube, vor dem Du dann jeden Tag mit den Kindern beten kannst, das Vaterunser – für jetzt hab ich Dir das Nonegebet gegeben, gelt. Ich leg sicherheitshalber nochmals eines bei. Auch nochmals etwas berührte & gesegnete Linnen die Du Dir auflegen sollst. Von den kleinen Stückli, die ich Dir gestern geben liess, nimmst in der Medizin & im Thee immer ein Fädeli ein, gelt.

 Und nun höre, ich hab' von einer Frau auf der Reise ein Gebet erhalten, das ich Dir da in dem kleinen Heftli abgeschrieben habe. Sie sagte, sie sei auf den Tod krank gewesen & dann durch diese Gebete genesen. Wenn Du es nicht selbst beten kannst, so soll Johann oder Sr. Albertis es Dir vorbeten, & dann leg das Gebet mit dem Kreuzli einfach auf Deine Brust; daneben aber hoffe fest aufs Sarner-Jesuskindli & Bruder Klausens Fürbitte, lege Dir auch noch Plätzli von gesegneter Leinwand & mit dessen Reliquien berührt & Bildli bei. Wir helfen Dir beten. Wir wollen fest auf die Hilfe des Heiland vertrauen; gelt. Von Herzen wünschen wir Dir baldige Genesung. An Dich liebe Ida, sowie auch an Johann & die lieben Kinder viele innige Grüsse von uns allen bes. v. Josefa

Ida gehorchte nicht, das braunfleckige Linnen ist immer noch ans Papier genäht, sie legte es sich anscheinend nicht auf, was mich erstaunt. Das Gebet allerdings ist beim Brief nicht mehr dabei. Ida blieb noch sehr lange krank.

Und der Herr prüfte weiter. An Josefas nächsten Brief ist noch ein Eckchen Stoffmuster genäht, fleckig und verblichen.

Meine Lieben!
Nun endlich auch wieder mal ein Lebenszeichen von uns. Vorerst recht herzl. Dank für Idas lb. Zeilen, die wir durch Ilsi erhielten. Gerne hätte ich sie schon früher verdankt. Aber ich war in letzter Zeit nicht zweg. Hatte Brustfellentzündung & eine Art Neuralgie in Genick & Schultern. Habe mich, – wie früher schon mal – gerade beim wärmsten Wetter erkältet, denn als es so „schüli heiss" war im Bett, hab' halt auch die Fenster zu viel aufgesperrt & zu wenig auf Durchzug geachtet & war halt dabei nur ganz leicht gedeckt. Und wenn man jahraus, jahrein im Bett ist, so erkältet man sich halt schneller. Nun bin ich dann halt wieder vorsichtiger. Gottlob geht's nun wieder ziemlich gut. Gott sei Dank, dass es wieder rasch gebessert hat & lieb Mutter nicht noch

länger Mühe & Arbeit hatte mit den Auflagen. Sie hat ja sonst genug Arbeit. Sie hat immer zu schaffen von früh bis spät; es gibt halt auch viel zu tun im Garten. Mit Heuen sind die lieben Angehörigen schon seit 11. Juni fertig. Gottlob ging der Heuet gut vorüber. Es gab sehr viel & gutes Heu, das man fast ganz ohne Regen einbrachte. Wir hatten noch nie so viel Heu wie dies Jahr. Man muss Gott danken.

Wie geht es auch bei Euch immer? Wie geht es Dir liebe Ida, gesundheitlich? Hoffen gerne, dass es immer ein wenig besser geht!! Was macht der liebe Albertli? Denkt er auch noch hie & da nach Itaslen. Ich hab' Albertlis Geburtstag ganz vergessen, das heisst, erst an jenem Abend kam es mir in den Sinn. Nun, er bekommt dann seine Geburtstagsschokolade schon noch mal, wenn er wieder hier ist. Du kommst doch im Juli oder August auch wieder heim in Ferien, nicht wahr, liebe Ida? Bist herzlich eingeladen. Du weisst ja, dass Du jederzeit willkommen bist. – Nun will ich wieder schliessen. Will noch an Sr. Albertis schreiben & ihr endlich mal den Honig schicken. – Hoffe diese Zeilen treffen Euch bei gutem Wohlbefinden an. 1000 herzliche Grüsse (an alle) von uns allen, bes. v. Josefa

P.S. Könntest Du, liebe Ida, mir wohl etwa 3 m solchen Vorhangstoff besorgen wie inliegendes Müsterli ist? Wäre sehr froh.

Es werden kaum mehr neue Vorhänge für ihre Kammer genäht worden sein, wie Josefa es sich gewünscht hatte. Vielleicht ist es der Stoff, den sie bei Ida bestellte, der sich heute noch in seltsamer Üppigkeit um ihren Leib drapiert auf dem letzten Foto, das von Josefa existiert. Der Rosenkranz ging zweimal um die gefalteten Hände.

Stärke Hoffnung
die uns in der, Jesus

Noch viele Spielarten, die Menschen von einem Seinszustand in den nächsten zu schicken, kannte Idas gerechter Gott. Und er wurde nicht müde, Prüfungen zu ersinnen, mit denen man sich den Eintritt und einen der vorderen Ränge in der Paradiesdarbietung ergattern konnte. Für Martha, Idas Zwillingsschwester, ersann er sich eine Variante mit Rückkoppelungseffekt; er prüfte sie indirekt und besonders raffiniert. Martha hatte nicht Idas Strenge, auch nicht ihre Eleganz, sie hatte ein pausbackiges Wesen, ließ Ida bei der Geburt ohne Probleme den Vortritt und vergalt es später niemandem mit nachtragender Körperschwäche. Martha war üppig und blühend und wie alle in der Silberfamilie vollbusig, außer der Mutter Marie, die mit ihren Brüstchen Alois trotzdem erfreute und neun Kindern eine solide Lebensgrundlage gab.

Albert mein Vater erzählt, dass Martha einmal in der Woche mit nackten Armen Brot buk. Er war, als er größer wurde, nicht mehr in Itaslen, sondern sehr oft bei Martha in den Ferien; in praktisch allen Ferien war er dort, weil er Martha gernhatte und sie ihn auffutterte, wie das die Landverwandtschaft mit hungernden städtischen Familienteilen zu tun pflegte. Mit dem flachen Rucksäckchen, das Ida allen Kindern nähte, kam er allein an am Bahnhof Thalheim und ging am Bösensee vorbei, wo es gefährlich war, weil im Morast versunkene Alemannen lagen, über den Rebberg des Onkels hinunter zum Hof der Gotte und ihrem Mann Egon, wo er mit offenen Armen empfangen wurde.

Immer am Backtag schob Martha Albert zwischen die stämmigen Beine, lehnte das magere Bürschchen an ihren hefeduftenden Schoß und zeigte ihm, wie man den Teig für den Sonntagszopf knetete, indem sie seine kleinen Hände in ihre butterigen nahm, und lachend drückten und bearbeiteten sie die weiche Masse so lange, bis sie aufzugehen begann. An anderen Tagen schwang er für die Gotte den Rahm, bis er zu Butter wurde. Albert war gern da, obwohl ihn fürchterliches Heimweh plagte, nicht nach seiner Mutter, aber nach der Bubenbande in seiner Straße und nach jenem Platz auf der Welt, wo er im Keller seine Geheimnisse und in seinem Bett neben dem jüngeren Bruder warm hatte. Er liebte die butterweiche Patin, er liebte das Lachen und die derben Sprüche, die in Thalheim an der Thur durch die große Küche, die vollgestellten Kammern, den Gemüsegarten, den Blumengarten, den Garten mit den Bäumen für den Kirsch, den der Onkel so mochte, und zurück bis hinunter zur schwarzen Sau kullerten, die man unter der Küchentreppe vor der Behörde versteckte, um damit die darbende Stadtverwandtschaft über Wasser halten zu können. Die Sau gedieh prächtig, und so tat es mein Vater, obwohl in die Thalheimer Ferien stets auch eine besondere Wachsamkeit mitkam.

Das lag an Onkel Egon, der dem Namen nach Träger eines fürchterlichen Speers war und Marthas Ehemann, mit dem der Großgütige Idas Zwillingsschwester quasi auf Umwegen prüfte.

Egon war ein tüchtiger und fröhlicher Bauer, der zu allem einen Spruch wusste und seine Pferde, seine beiden Kinder und die Stadtspränzel neckte und zum Lachen brachte. Albert erinnert sich an einen Vers, den Egon oft vor sich hin sagte, er hatte ihn lange vergessen. Es war immer ein wenig unheimlich, wenn Egon lustige Sprüche machte, als liege unter der Lustigkeit ein Schatten, aus dem eine Gefahr wachsen konnte. Erst ein halbes Jahrhundert später, in einem Traum, hörte mein Vater Egons Singsang wieder, wie er überhaupt im Alter zu träumen begann, was er in seiner Kindheit nicht zu denken wagte. Egon striegelte seine Haflinger und deklamierte dabei immer und immer wieder:

> »*De Hektor isch min Augestern.*
> *De Hektor hani fürs Läbe gern.*
> *De Fuchs isch mir en Gräuel im Aug.*
> *De Fuchs möchti haue Tag für Tag.*«

Der Onkel hatte eine zerrissene Seele. Er hatte zwei Gesichter, und der Vollendete gab ihm die herzenswarme Martha zur Seite, die ihn liebte, wie er war, und alles Leben vor dem Leibhaftigen schützte, der in ihren Mann schlüpfte, wenn fremde Kinder zu Besuch waren. Martha war stets zur rechten Zeit am rechten Ort. Sie wuchs über sich hinaus und entwickelte einen siebten Sinn, um den Mann und die Kinder vor dem Bösen, das in ihren Gatten Eingang fand, zu bewahren.

Niemals hätte Egon ein Ave rückwärts gebetet; er betete überhaupt nicht. Er ging auch nie in die Kirche am Sonntag. Es muss aber gesagt werden, dass auch Martha die Kinder allein den weiten Weg der Thur entlang nach Andelfingen schickte, weil es nur dort eine katholische Kirche gab. Sie ging selten mit zu einem Gottesdienst, und so gab es zu Alberts großem Erstaunen in einem Silber'schen Haushalt einen Sonntag ohne Messebesuch. Egon machte oft Sprüche über falsche und heuchlerische Gottesfürchtigkeit, und mein Vater erschauerte darüber und bewunderte Egons Mut. »Heilige Familie« nannte der Onkel Idas Verbindung mit Johann spöttisch.

In Thalheim lernte Albert, dass es zwischen Menschen, die eine Familie waren, noch etwas anderes geben konnte als die stumme Pflichterfüllung, die in seinem Elternhaus den Ton angab. Egon und Martha mochten sich, sie berührten sich, und ein Begehren lag in diesem Antasten, das Albert nicht verstand, das ihn aber fesselte. Sie arbeiteten und lachten miteinander, und hin und wieder, wenn Egon der Gotte die Schürze löste nach dem Abwasch des Mittags, verschwanden sie in der Kammer. In den vielen langen Ferien begann Albert zu ahnen, dass dort, wo zwischen Martha und Egon Warmes bisweilen wogte, zwischen Ida und Johann ein von Rosen umkränzter Graben sich auftat, in dem kein Fluss rieb, kein Strom sang, nichts gewünscht und nichts befriedigt werden durfte, ehe alles vertrocknete und zu Staub zerfiel. Ein Wüstenwind fegte darin, der das Sehnen in ein Jenseits mitnahm, wo alles versprochen war. Aber nicht und nie mehr gelebt werden konnte.

Manchmal kam die Thur in Thalheim. Wenn sie kam, vielleicht einmal im Jahr, dann kam sie gewaltig, tosend und alles mit sich reißend. Es war ein Ereignis, mehr freudig erwartet als gefürchtet, und von Dorf zu Dorf schwoll der Ruf »Die Thur kommt. Die Thur kommt!«. Man brachte sich in Sicherheit, bis die Flut vorüber war. Sie räumte nicht nur weg, was ihr im Weg war, sie schwemmte auch Segen heran, fette Forellen in die Wiesen, die von Hand gefischt werden konnten, Brennholz und guten Schlamm, der den Boden fruchtbar machte. Die Thur brachte meistens so viel Holz, dass Egon für die Kinder einen Wigwam baute, in dem sie sich verstecken konnten. Zu diesen Wigwams habe kein Großer Zutritt, auch Egon nicht, sagte die Gotte, und die Kinder sollten schreien, wenn er das eherne Indianergesetz missachte. Egon schickte die Kinder an die beglückten Ufer, aber immer, wenn er allein mit dem kleinen Albert zum Forellenfang wollte, wusste Martha es zu verhindern. Die Gotte hatte, so war Albert überzeugt, auch am Hinterkopf Augen.

Jeden Mittwoch und Samstag fuhr Egon mit dem Falben Hektor, seinem Lieblingspferd mit dem dunklen Strich auf dem Rücken, den man Aalstrich nennt, nach Winterthur und verkaufte das Gemüse, das sie geerntet, Krebse, die sie unter den Steinen hervorgeholt, und das Geflügel, das sie am Tag vorher geschlachtet hatten. Albert musste die Hühner zuerst an den Beinen halten und im Kreis schwingen, bis sie belämmert waren. Dann schlug ihnen der Onkel mit dem Gertel den Kopf ab, und der Ferienbub schmiss sie in einen Metallzuber, wo sie den seltsamen Veitstanz, mit dem sie vom Leben in den Tod wechselten, zu Ende führen konnten. Auf diese Ausflüge in die Stadt schien der Onkel sich immer besonders zu freuen. Er nahm auch jedes Mal die Blumensträuße mit, die die Kinder auf den Wiesen gepflückt und mit der Tante zu prächtigen Sträußen gebunden hatten und die den Stadtfrauen anscheinend besonders gefielen. Wenn Egon am Abend zurückkehrte, brachte er das Geld, und die Kinder durften ihren Teil behalten.

Es kam vor, dass er ohne einen Rappen zurückkehrte und auch der Karren hinter Hektor leer war, dafür der Onkel von Kopf bis Fuß voll mit einem Grinsen, das die Gotte in Aufruhr versetzte, sodass sie lärmte und auf den Mann einschlug, bis Egon ihr die weichen Arme auf den Rücken bog und sie aus dem Zimmer schob. Wenn sie wieder in die Küche kam, bekreuzigte sie sich vor dem ewigen Lichtlein, das in einer Ecke brannte und vor dem Egon ihr einmal zugeraunt hatte: »Es ist recht, wenn dein Flämmchen Tag und Nacht brennt, Marthalein, um zu lindern meine Pein.« Er habe es leise und hochdeutsch gesagt, aber man hatte es trotzdem verstanden.

Albert freute sich zwar jedes Mal, wenn ihm der Onkel vorschwärmte, was sie zusammen in der Stadt alles anstellen würden. Aber nie, kein einziges Mal, ließ ihn Martha mitgehen. Und obwohl er das Alleinsein mit Egon sonst nicht mochte, hätte er diese Reisen nach Winterthur um jeden Preis gerne mitgemacht. Er hätte sogar in Kauf genommen, dass der Onkel in unbeobachteten Momenten Mäuse auf ihm suchte.

Meistens geschah es auf dem Sofa oder auf dem Ofenbänkchen in der Stube. Wenn man allein dort saß und zum Beispiel die Balladen großer Heldentaten las, während die anderen in der Küche oder im Garten waren, dann konnte es sein, dass der Onkel mit schwarzen Füßen hereinkam, sich neben einen setzte und fragte, ob man schön warm habe? Dann kam meistens ein großes Lachen und die Frage, wie es der Maus gehe? Und es kam weiteres Erkunden nach dem Befinden des Mäuschens und ob es ebenfalls schön warm habe. Mit der Frage kam dann die Hand, im Sommer von unten durch die kurzen Hosenbeine nach oben, wo sie in der Mitte verharrte, im Winter schlängelte sie sich an den Hosenträgern vorbei von oben nach unten, kitzelte den Bauch und suchte das Mäuselein. Dann kam meistens schon die Tante und stand mit blitzenden Augen in der Tür, die sie wortlos offen hielt, bis der Onkel samt Leibhaftigem verschwunden war. Wenn die Tante nicht kam, was äußerst selten geschah, dann flitzte man selber an der

Onkelhand vorbei hinaus, und nie folgte er einem, und auch die Maus verschwand.

Egon mochte nicht nur die Mäuschen auf den Buben, er suchte sie auch bei den Mädchen und an Orten, die so verboten waren, dass man sie selber nie zu Gesicht bekam. Meine Tante hasste deshalb die Ferien in Thalheim, aber sie liebte den großen Hund über alles, der sie immer beschützte, sogar besser beschützte als Martha. Egon kam überallhin, obwohl er eines Tages beim Kirschenpflücken vom Baum fiel und deshalb im Haus und im Bett bleiben musste. So stand Martha am Morgen als Erste auf, um das Gras zu schneiden für die schwarze Sau und die Kühe, und Egon hütete das Bett. Aber kaum war sie aus dem Zimmer, drückte der Onkel herein ins provisorische Nestchen des Ferienkindes, das vorsorglich neben dem von Martha stand, weil man das Heimweh so besser vertrieb, jedoch den Onkel nicht, der mit seiner viel zu großen Manneshitze Mäuschen suchte auf dem Kind. Immer lachte der Onkel dazu. Sie habe sich schlafend gestellt, sagt die Tante, dann befreite sie sich aus seiner Umarmung und kroch zum Hund, den sie in den folgenden Nächten auf dem Bett behalten durfte.

Es ist hier zu erwähnen, dass Egon sich nie etwas nahm mit Gewalt. Eher spielte er ein Spiel, dessen Regeln er immer wieder zu vergessen schien und dessen Grenzen ihm verschwammen. Setzte man ihm Schranken und gebot Einhalt, hielt er sich beinahe dankbar daran. Meine Tante und auch Albert wiederholten mehrmals nachdenklich, dass der Onkel kein Böser war. Er habe eine wilde, vielleicht zu große Männerwärme gehabt und niemandem etwas zuleide tun wollen. Ein wenig unheimlich sei er gewesen, und lästig. Man habe das aber nicht tragisch genommen, betonen sie. Man redete mit niemandem darüber, beichtete es, verzieh dem Onkel und vergaß es. Bis es nach langer Zeit in Träumen und mit dem Erzählen wiederkam.

Was meine Tante jedoch nie vergaß, war das Gefühl im schwer riechenden Beichtstuhl. Der Geistliche hinter dem Gitterfensterchen habe sie lange ausgefragt; bis ins kleinste Detail wollte er alles wissen und erklärt bekommen, sodass das minuziöse Schildern der unangenehmen Sache vor dem dunklen Ohr eigentlich schlimmer war als das Tasten des Onkels. Bis heute habe sie nicht vergessen, wie schmutzig sie sich fühlte, wenn sie hinter dem Vorhang hervor endlich ins Freie treten durfte. Wie ein öliger Geruch in der Jacke hing das Flüstern des Beichtvaters noch lange nach im Ohr, dass sie etwas sehr Schlimmes getan habe und zur Reinigung der schmutzigen Gedanken und ihrer angeschwärzten Seele hundert Ave-Maria beten müsse. So als hätte sie einen braven Mann – allein durch ihr Vorhandensein – verführt, sagt meine Tante.

Egon war also Marthas Prüfstein. Jetzt ist kein Bauer mehr hinter den Gärten bei den Kirschbäumen, und wo der Wigwam thronte, stehen Container mit der Aufschrift »Kadaversammelstelle«.

Mit Ilsi, der Zweitletzten in der Silber'schen Reihe, hatte der Alles-Erfindende einen ganz besonderen Plan. Er auserwählte Ilsi für eine Hauptrolle in der großen Prüfung, mit der er Idas Demut und ihren unbedingten Gehorsam auf die Probe stellte.

Ilsi, Idas fröhliche Schwester, war also heimgeführt worden von Jodok aus Ifwil, dem Jüngsten aus dem Hause Schwagernichts-Besonderes. Nach dem Absterben der Verbändestickerei fielen das Haus und die Wiesen, die an der Lützelmurg und am Seebach als Vermögen übrig geblieben waren, dem Jüngsten zu. Ilsi und Jodok waren einander zugetan, wie das in den Augen des Ferienkindes perfekt war, lustig und freundlich. Meine Tante, die nach dem Onkelerlebnis in Thalheim nur noch zu Ilsi und Jodok in die Ferien gehen wollte, weinte nachts ins Kissen, weil es in den Ferien viel schöner war als zu Hause. Warum war es bei Ilsi und Jodok so warm und dort, wo sie herkam, so kalt? In vielen Ifwiler Nächten flehte meine Tante den Großgnädigen an, er möge ein Wunder geschehen lassen und den Fehler einsehen, dass sie nämlich verwechselt worden sei und in eine andere Familie gehöre.

Dieses Wunder geschah nicht. Aber ein anderes war geschehen, viele Jahre zuvor. Denn obwohl es in der Gegend kaum eine festere Burg als meine Großmutter Ida gab, hatte der Rätselvolle einen Weg gefunden, seine Geschichte am Laufen zu halten, damit etwas werde.

Ein steiler Weg war es. Ida lebte keusch und schön und nicht mehr ganz jung mit den Eltern und den vielen kranken und gesunden Geschwistern im Blumenhaus in Itaslen und wartete auf die Gelegenheit, die Verantwortung als Älteste abzugeben, um Seine Braut zu werden. Neben der täglichen Arbeit ging sie auf in der Jungfrauenkongregation, im Arbeiterinnenverein und in des Pfarrers Haus bei der Kirche, wo sie die Kammer reinigte und schmückte, wie sie auch die Grabhügel der Familie pflegte mit ein paar roten und einem Meer von weißen Blüten. Sie hatte sich in den ungünstigen Moment der Zeit ergeben, aber nicht damit abgefunden, sich nicht mit Jenem vereinen zu können, den sie gewählt hatte.

Es wird ihr nicht leichtgefallen sein, auf diesen Moment zu warten. Pfarrer Traber war ihr dabei eine Stütze, er trat am Tage ihres vierundzwanzigsten Geburtstags von seinem Amt in einen wohlverdienten, aber kaum genutzten Ruhestand zurück und hatte nun mehr Zeit, die Geschicke seiner ergebensten Schafe zu steuern. Des Evangelisten Allgegenwart half Ida, den Lockungen des Schadenfreudigen zu widerstehen. Längst beherrschte sie die Kunst der Abtötung; für die liederlichen Angebote ihrer Verehrer hatte sie nur Verachtung, keiner konnte ihrem im Geiste Geliebten das Wasser reichen. Mit der Kraft und Strenge ihrer Intelligenz, stolz wie eine Königin im Exil, ließ sie ihre Seelenheimat niemals aus den Augen.

Und der Allmächtige nahm auch sie und prüfte sie nach allen Regeln der Kunst; und Ilsi war sein Werkzeug.

Entzünde Liebe
die uns in der, Jesus

Johann wusste, dass sie kommen würden. Schon früh am Morgen hatte er sich an der staubigen Landstraße postiert, die am Lärchenhof vorbei von Winterthur nach St. Gallen führte, also auch von Paris über Ifwil nach Wien. Ifwil lag an der Strecke Paris–Wien, und es lag auch an der Eisenbahnstrecke Örlikon–Romanshorn. Man lag weit abseits, aber an den Wegen in die Welt.

Ungefähr da stand Johann, wo noch immer die Kuh aus Buchstaben steht, das Wahrzeichen des Ortes. Der Weiler hatte die Reklamekuh von einer Schokoladenfabrik geschenkt bekommen, zusammen mit den jährlich eintreffenden Schokoladetafeln, auf denen diese Kuh auch zu sehen war und gegen die der Pfarrer wetterte, weil sie die Versuchung, die sündige und falsche Frucht der Reklame und ihre großherrliche Industrie verkörperte statt die Ernte ehrlicher Hände Arbeit. Zudem sei Schokolade süß, städtisch, ungesund. Sie vergifte den Leib und verderbe die Seele. Die prächtige Kuh stand aber gar nicht am Dorfausgang zwischen Schienen und Straße, um die Ifwiler Bevölkerung zu becircen, was gleichsam nebenbei doch geschah. Sie war auf die viel zahlungskräftigere Kundschaft gerichtet, die immer häufiger mit Automobil oder Bahn am Lärchenhof vorbeidonnerte. Johann mochte Schokolade, er hatte bereits keine eigenen Zähne mehr, bevor die Schleckerei sie ihm hätte wegfressen können.

Er stand an der Straße und wartete auf ein Auto, um ihm nachzuschauen. Seit er als kleiner Bub ganz am Anfang des neuen Jahrhunderts das Rennen Paris–Wien vor dem Haus verfolgt hatte, waren Autos die Vehikel seiner Träume. Eines der ersten Autorennen der Welt war es gewesen, und als es Ifwil endlich erreichte, war jede Viertelstunde ein Gefährt mit Vollgummireifen und siedendem Motor am Haus vorbeigeraucht, nie schneller als sechzig Stundenkilometer, weil das neumodische Rasen auf helvetischem Boden streng verboten war. So schlichen die Helden in den Blechmobilen brav von Belfort nach Bregenz an Ifwil vorbei, ließen sich umso mehr bestaunen, beklatschen und mit Blumen bewerfen und hotterten weiter, auch die Nummer 147, Marcel Renault, der Johann im Vorbeifahren die Hand schüttelte.

Er wäre gerne mitgefahren, stelle ich mir vor. Weg von dem Ort, an dem sich seine Träume in weniger als Luft auflösten. Oft saß er dort über der Straße und den Schienen und blickte den Linien nach, die sich schnell am nahen Horizont verloren.

Ich weiß nicht, ob es ein Sonntag war, aber ich vermute, dass es ein lauer Sonntag war im frühen Sommer, vielleicht war es Mai, Pfingsten. Das Tälchen der Murg sah lieblich aus, hellgrün, und die ewigen Nebel lichteten sich. Man hatte zum Picknick gerüstet, eine neue Mode, und wollte die Pilgerfahrt zum Grab der heiligen Idda mit einem gemütlichen Treffen der Gemeindejugend auf der Iddaburg verbinden. Die Schwaganz-gewöhnlich hatten ein Pferd vor den Wagen gespannt, und man brach auf, gut gelaunt, Ilsi und Jodok mit Johann und noch ein paar Freunde. Der Weg führte von Ifwil dem Seebach entlang nach Bichelsee, dann nach Itaslen, wo man Ida holte. Johann und die acht Jahre jüngere Ida kannten sich aus der Pfarrei, wie alle katholische Jugend sich kannte von den Tätigkeiten des Pfarreilebens, auch aus der Messe, wo Ida auf der Frauenseite mit ihrer selbst geschneiderten Extravaganz unter den schlichten Hängekleidern ein wenig aufgefallen sein muss. Ida gefiel Johann, das ist anzunehmen, wie sie vielen gefiel. Sie war eine schöne Frau, auf die sich eine Zukunft bauen ließ. Sie wird Johann kaum eines Blickes gewürdigt haben, wie ihr Blick ohnehin selten aus des Pfarrers Bannkreis schweifte, und es wäre auch nichts an Johann gewesen, das einen schweifenden Blick in sich verhakt hätte. Ihre Unnahbarkeit hätte Johanns winkenden Ohren kaum erlaubt, ihr ein wenig zuzulächeln.

Die Fröhlichkeit im Sonntagswagen dämpfte sich eine Spur, als Ida zustieg. Es mochte daran liegen, dass jede Freude für einen Moment stockte und sich prüfte, wenn Ida in der Nähe war. Auch wenn sie meistens nicht viel redete, lag in ihren saphirklaren Augen eine Aufforderung, an der sich niemand vorbeitraute. Die schwarze Haarflut, die sie hinter dem Kopf in ein Netz nadelte, hatte wegen des Löckchens, das zum steifen Kragen kringelte, etwas Verführerisches, wie das Lockere in allzu strenger Umgebung immer besonders reizt. Vielleicht stockte die Fröhlichkeit diesmal einen Moment, weil Ilsi und Jodok über ihren Plan erschraken, mit so viel Heimlichkeit in die Pläne des Allmächtigen einzugreifen.

Ida setzte sich auf den freien Platz neben Johann, und man schaukelte durch die Milde über Dussnang hinauf nach Fischingen. Durch den Friedhof gelangte man zum Grabmal der großen Namenspatronin, wo es in goldenen Lettern heißt:

Hier liegt Idda in disem Grab
Die ein Gräfin von Kirchberg war
Vermählt dem Graf von Toggenburg:
Im Jahr 1226 seelig hie sturb
Zum Trost viller frommer Leuthen:
Mit Wunderzeichen thuot leuchten

Ein Kerzchen wurde entzündet in einem kleinen roten Glas, und für die Länge eines Ave-Maria hielt jeder die Füße ins Loch. Die Heilige aus dem Rabensteinerwald helfe bei Fußleiden, wofür Johann schnell eine Extrarunde betete, wie ich mir vorstelle. Sie sei auch zuständig bei Erschöpfung und bei Schmerzen im Leib und in der Seele, wo das Weh ja meistens beginnt, wenn daraus auch Schatten, Risse, Geschwüre und Schläge aller Couleurs werden mögen. Auch Ida steckte die Füße ins Dunkel, das sich versteckte hinter einem bunt bemalten Schmiedegitter, auf dem die Waldfrau vom lebenden Leichnam ihres Gatten sich Feuer geben lässt und Licht.

Selten wird die junge Ida ihrem heimlichen Geliebten so nah gewesen sein wie am Grab der alten Idda. In Stein gemeißelt lag ihre Patronin da; sie hielt eine lange Kette aus dicken Perlen und ein Säckchen mit verpackten Schätzen, das faltenreiche Gewand verbarg den Leib, auch die Hügel der Brüste und jeden Flecken Haut, sodass Hände und Gesicht besonders nackt hervortraten. Auch diese waren steinern, und dass das so aussah, lag weniger am Sandstein als am Bildhauer, gewiss ein Mann mit warmen Händen, der sie hart werden ließ. Das Gesicht mit den geschlossenen Augen war angestrengt, als müsste sie seit Ewigkeiten etwas zurückhalten, was ihr zuvorderst und bitter auf der Zunge lag. Mit drei Fingern umklammerte sie den Beutel, und wie nebenbei, aber eindringlich, deuteten der ringlose Ringfinger und der überlange kleine Finger auf Iddas hinter vielen Falten verborgenen Schoß. Man sah, die versteinerte Frau hatte Geheimnisse. Vielleicht war eins, dass sie in alten, weniger mönchischen Zeiten nicht der Tugendhaftigkeit, sondern der Weisheit, Freude und Fruchtbarkeit geweiht gewesen war. Ida wird das kaum bemerkt haben. Sie saß lange mit den im Stein betenden Füßen auf der abgewetzten Bank vor dem Denkmal.

Johann war längst wieder nach draußen verschwunden. Er marschierte Richtung Pöstli und schlug den anderen einen Umtrunk vor, solange Ida bei Idda hockte. Ilsi und Jodok befürchteten schon ein unnötiges Erstarken von Gottgefälligkeit vor dem Grab der Heiligen. Dann fiel endlich die Kirchentür ins Schloss, drückte noch einen Schwall Grabeskälte in die aufkeimende Wärme des Sonntags, und Ida war bereit zur Weiterfahrt.

Das Grüppchen erreichte den Fels des Grafen mit den Burgsteinresten, ließ Pferd und Wagen auf einer Wiese zurück und ging das letzte Stück zu Fuß. Der Iddaberg wollte erklommen sein. Oben traf man andere Jugendliche, die bereits einen Knicks in der Wallfahrtskapelle und vor dem Kruzifix an der Absturzstelle der gräflichen Gattin absolviert hatten und sich nun auf Decken ausbreiteten. Man hob aus den Körben, was vorbereitet worden war, man schmauste, trank so viel Saures und Klares, wie es unter den lauernden Augen des Pfarrers nicht möglich gewesen wäre, vom freien Himmel jedoch nicht beanstandet wurde. Löffel und Instrumente wurden ausgepackt, Tabakpfeifen gestopft, Blusenknöpfe, Hosenträger, Gürtel gelockert und Haarbänder gelöst. Johann saß inmitten des Getändels, und ich stelle mir vor, er war glücklich, wie er es schon lange nicht mehr gewesen war. Das Leben konnte schön sein, und manchmal meinte es der Allmächtige sogar gut mit einem Johann-ganz-gewöhnlich. Dann legte sich der warme Tag dem Abend in die Arme, der schon eine Weile mit geröteten Hügeln auf ihn gewartet hatte, und die Gesellschaft rüstete zur Heimkehr.

Johann hatte Idas Stimme seit langem nicht gehört, sie hatte nicht mitgesungen, was einen nicht verwundert, denn Picknicklieder waren wenig fromm. Bereits waren alle aufgebrochen, und Ilsi zwinkerte Johann zu und ging mit Jodok voraus den Weg hinunter zu Pferd und Wagen. So mag es gewesen sein. Ein halbes Jahrhundert später murmelte mir meine Großmutter zu: »Es war eine abgekartete Sach.« In ihrer Stimme gab es keine Wut, auch keine Trauer, sie lächelte ihr seltsames Lächeln, als sie das sagte, und schaute auf die gefalteten Hände. An einer langen weiß gedeckten Tafel zu ihren Ehren saß sie, an dem alle ihre fünf lebenden Kinder und die zehn Kindeskinder zusammengekommen waren.

Und der Undurchschaubare schritt zu seiner großen Prüfung. Johann fand Ida in der Lourdesgrotte, einer feuchten Höhle am Felsabhang. Die Nische im Fels war alt, eine Strahlenkranzfigur wurde dort verehrt, die ein Geistlicher einmal auf dem Jakobsweg aus Lourdes ins Hinterthurgau mitgebracht haben mochte, zur Ankurbelung der einheimischen Pilgerfreude. Man könnte sich auch denken, dass das stets geplagte Volk schon vor der Ankunft der Christenprediger zur Anrufung von Schutz und Beistand in der Erdgrotte zusammengefunden hatte. Auch meine Großmutter kniete vor der heiligen Mutter, versunken in einen Rosenkranz. Erst als Johann im Geflacker der Opferkerzen sich neben ihr niederließ und lange wartete, würdigte sie ihn mit einem Blick.

»Es wird Zeit, Ida. Es ist spät. Die anderen sind gegangen.«

Ida bekreuzigte sich. »Wennt meinst. So gehen wir halt.«

Sie nahmen den steilen Weg hinunter und kamen zum Platz, wo sie Pferd mit Wagen zurückgelassen hatten. Er lag leer.

Was dann geschah, ist nicht überliefert. Sicher ist, dass sie die weite Strecke durch die Dunkelheit nach Itaslen und Ifwil zu Fuß nehmen mussten. Als sie erst tief in der Nacht eintrafen, empfingen sie vielsagende Blicke; man hatte auf sie gewartet. Nicht sicher ist, ob Johann Ida bei der Hand nahm in der Stockfinsterheit, damit sie nicht stolperte. Nicht sicher ist, ob er den Arm um sie legen, sie nach einer Weile vielleicht ein wenig an sich ziehen durfte, damit sie nicht fror. Gar nicht sicher ist, ob er im Schutz des Waldes seine schönste Körperstelle auf ihre legte und von ihrer Feuchte kostete, die vielleicht ein einziges Mal strömte unter dem schwarzen Himmel, der vielleicht dieses eine Mal weit wurde für Ida, offen und von Lichtern durchzuckt. Gar nicht sicher ist das, sogar eher unwahrscheinlich. Aber man wünschte es ihr und wünschte es ihm und wünschte es etwas, das noch nicht war.

Sicher ist, dass wer küsste, auch heiratete. Sicher ist, dass wer eine Nacht zusammen verbrachte und erst am frühen Morgen aus dem Wald auftauchte, als verlobt galt. Ganz besonders, wenn man Ida Silber hieß.

Sicher ist auch, dass Johann sich vor Freude kaum halten konnte. Ich stelle mir vor, wie er dieses eine Mal auf seinen Füßen tanzte, den ewigen Erlkönig verlachte, die Frösche und die Aale verspottete, mit der frohen Botschaft nach Ifwil und dem Tag entgegenrannte, um dann leicht und froh nach Zürich zu wandern, den Schienen entlang. Er hatte die schönste, er hatte die stolzeste, die keuscheste, die klügste und tüchtigste Bichelseerin zur Braut genommen. Er, Johann Schwagernichts-Besonderes. Er konnte es nicht fassen.

II

ÖRLIKON

LEIBES DEINES FRUCHT DIE IST GEBENEDEIT UND

Meine inniggeliebte Ida!
 Den innigsten Dank für die schönen Blumen aus geliebter Hand. Wie dieselben mich freuen, diese prächtigen weissen u. roten Blumen, sind sie doch ein Spiegel Deiner selbst, gelt, mein kleiner Engel. Aber erst Deine lieben Zeilen, ich hätte bald einen Freudensprung von einer Wand zur anderen im Zimmer gemacht. Du magst jetzt lachen ob meines kindischen Ausdrucks, aber das wäre leicht möglich hier, ich könnte höchstens ins Bett fallen. Doch Spass beiseite. Du hast mir mit Deinen Zeilen ganz aus dem Herzen gesprochen. Ist es doch immer auch mein Herzenswunsch, Dir Geliebte bald u. für immer ein guter, treuer Lebensgefährte zu sein. Gott segne unser Vorhaben wie auch unsere Brautzeit.
 Mussestunden habe ich jetzt keine, kann die freie Zeit gut gebrauchen sonst wäre ein Brieflein von mir schon früher an meine liebe Ida gereist. Muss auch heute die späten Abendstunden zum schreiben benützen, was man schon am Sudel an merken kann. Verzeihe diese schmiere u. durcheinander. Du wirst jetzt denken ja was hat den Dein Hänschen nur so viel zu tun im Städtchen, etwa den Mädchen nachzuspringen. Hopp-

la, weit gefählt. Will Dir kurz mitteilen, was ich denn für Geschäfte habe, nicht etwa weil ich denke Du könntet mir misstrauen, denn ich weiss ja, dass Du mir solches Vertrauen schenkst wie ich Dir. Hätten alle Paare diese glückliche Gewissheit wie wir, so wäre noch manches Leid weniger. Wie ich aus Deinen Zeilen fühle, nimmst Du innig Anteil daran, ob es mir gut gehe u. zu Deiner u. meiner Freude kann ich Dir mitteilen, dass ich immer gesund u. guter Laune bin, wirst es aus obigem Schreiben schon gemerkt haben. Doch letzten Samstag nachmittag hätte ich den guten Humor bald etwas verloren. Ich war in die Stadt gegangen, um eine Schieblehre zu kaufen und bis ich etwas mir passendes fand musste ich eine Strasse um die andere abklappern, erst im 8. Geschäft fand ich das Gewünschte. So war der freie Samstag nachmittag wieder vorüber. Vom vielen hin u. her rennen ermüdet ging ich um 8 Uhr schon ins Bett. Sonntag mittag ging ich zu meinem Arbeitskollegen Stadler nach Oberhausen bei Glattbrugg wo ich im Kreise seiner Lieben freundliche Aufnahme fand. Bald war es Zeit zum Aufbruch nach Oerlikon zum Schlussgottesdienst mit Predigt u. Segen. Beim eintritt in das Gotteshaus war ich überrascht dasselbe bis auf den letzten Platz aufgefüllt zu finden. Auch die Männer u. Jünglinge füllten ihren Teil aus, ich konnte noch mit Not ein Plätzchen finden. Da könnte die Männerwelt in Bichelsee ein Beispiel nehmen. Wie ist es doch schön, wenn man in der Fremde ein klein Heimweh bekommt, (nach wem und wohin kannst Du Dir leicht denken;) ein Plätzchen weiss wo das Herz seine Ruhe wiederfindet. Ich fühlte mich während des schönen Gottesdienstes daheim bei meiner Liebsten u. Lieben Angehörigen, zumal ich dachte auch Du seiest vielleicht im gleichen Augenblick ($^{1}/_{2}$ 5 Uhr) in der Kirche u. bringest Gott Dein Anliegen dar. Nach Schluss hat mich

Stadler noch einigen seiner Freunden als zukünftiger Oerlikoner vorgestellt, die mir mit meinem jungen lieben Frauchen ein herzliches Willkommen darbrachten. So wirst auch Du einst unter den Frauen die mir von ihren Männern vorgestellt wurden, einige gute gleichgesinnte Freundinnen finden, die mir helfen Dir das Städtchen Oerlikon bald als zweite Heimat lieb zu gewinnen u. das etwa kommende Heimweh zu vertreiben oder vergessen zu machen. Nach etwa ½ Stündigem Plaudern spatzierte ich wieder dem Gesellenhaus zu um meinen sich geltend machenden Magen zu stillen. Nach so 10 km laufen bekommt man schon Appetit u. die Suppe hat gut geschmeckt, wenn sie auch versalzen war, es wird wieder eine Köchin verliebt sein oder ob sie es mir zugedacht haben? Abends hielt hier Herr Bundesrichter Strebel einen Vortrag über „Die Frau im Haushalt u. in der Politik". Für mich angehenden Ehemann gerade recht zum hinter die Ohren Schreiben. Denn der Redner hat uns Männern unsere Pflichten der Frau gegenüber ohne Schonung ganz gehörig gesagt. Ein so hoch gestellter Staatsmann hats dank seiner Erfahrungen so los, wie ich es bisher noch nie gehört habe. Es waren 3 köstliche Stunden, hätte noch lange zuhören mögen. Diese Woche haben wir im Hause wieder alle Abend Vorträge oder Versammlungen wo man viel lernen kann und ich meine Zeit, solange ich kann, auf diese Weise nützlich anwenden kann, um für später etwas gelernt zu haben. Gelt Ida, so ist recht u. ich glaube, Du werdest den immer grösser werdenden Sudel mir von Herzen verzeihen, denn bei diesem Licht ist so schwer zu schreiben wenn die Augen ermüdet sind. Wie ich Dir schon gesagt habe, hat der Gesellenverein nächsten Sonntag seinen grossen Tag, nämlich das 65ste Stiftungsfest. Beim Hochamt Generalkommunion, wo alle mitmachen müssen, nur ganz wichtige ausweisbare

Entschuldigungen werden angenommen. Ein Brautbesuch wäre also nichts, aber das willst Du auch nicht bei dieser schönen Feier, will dafür auch die hl. Kommunion für Dich aufopfern, gellt, meine Liebe, so ist recht. Für den Abend haben wir ein sehr schönes Programm. Ist schade, dass Du nicht dabei sein kannst, wie viele andere Damen. Wie bald ist auch dieser Tag vorüber, u. dann darf ich am anderen Sonntag wieder zu Dir eilen. Auf baldiges frohes Wieder-vereint-Sein miteinander hoffend, sendet Dir die innigsten Grüsse, Dein Dich aufrichtig und heiss liebender

Johann

Johann war unterschätzt worden, zeitlebens. Er hatte hoffnungslos eine zweite Chance gepackt; er war den Schienen gefolgt und nach Zürich gewandert, vierzig Kilometer an einem Tag, die Füße wird er nicht mehr gespürt haben. Er wanderte nicht mit halbem Herzen aus, um Schwestern und Eltern ein wenig zu unterstützen, sondern mit der ganzen Kraft seiner Liebe. Eine gute Arbeit wollte er finden und ein Zuhause für seine eigene zukünftige Familie.

Das war sehr schwierig, Weltwirtschaftskrise, eine Zeit, als an den Betrieben Schilder hingen mit der Aufschrift *Bitte weitergehen. Es werden keine Arbeiter mehr angestellt.* Eine Krise tanzt gern auf den Köpfen von Leuten wie Johann, lange tanzte sie, und Johann musste alle Zuversicht zusammennehmen. Er wohnte im Gesellenhaus am Pfauen, wo ihn sein älterer Bruder August untergebracht hatte, und bei Kerzenlicht und nach endlosen Fußmärschen schrieb er an Ida vier eng beschriebene Seiten, die er aus einem kleinen linierten Heft herauslöste und die sechzig Jahre später wieder auftauchten. Johann besaß die in unseren Landstrichen seltene Gabe grundloser Heiterkeit. Und so gab er nicht auf, um nicht wieder im Schoß der Ifwiler Familie zu landen, und suchte weiter nach Arbeit. Ich stelle mir vor, er wollte seiner strengen schönen Ida ein würdiger Ehemann sein.

Ida wird wenig gesagt haben, als er seinen ganzen Hilfsholzfällermut in der Stickerseele zusammennahm und sie fragte, ob sie seine Frau werden wolle. Vielleicht hatte er auf ihre Hände geblickt, die den Rosenkranz liebkosten, und vielleicht hatte sie geantwortet: »Wennt meinst.« Es kann auch ganz anders gewesen sein.

Konnte die Nähe nachgeholfen haben, in die Johann in der Rabensteiner Dunkelheit am Iddaberg getreten war, die Berührungen, das plötzliche Jubeln einer Haut, die sonst unter Kleidern schwieg? Vielleicht war Johann eingedrungen in Idas Klostergarten, den sie eigentlich allein ihrem himmlischen Bräutigam vorbehalten und den sie einem Herbeistolpernden niemals auftun wollte. Hatte es hinter ihren Trockenmauern nach Johanns Besuch für eine Weile zu blühen begonnen? Schickte sie ihm darum einmal im Leben weiße und rote Blumen, wie sie sonst nur Gräber und der Pfarrrer von ihr bekamen?

Meine Tante sagt, Ida heiratete Johann, weil sie heilig werden wollte. Sie liebte einen anderen, mit dem sie sich erst im Leben nach dem Tod vereinigen konnte, erst nachdem sie den verachtenswerten Leib losgeworden war. Also erfüllte sie, bis es so weit war, ihre katholische Aufgabe, die ihr den Weg dahin verkürzte. Sie würde ihren Körper dem Willen des Himmlischen und Johanns Mannespflicht überlassen, sie würde empfangen, was sie empfangen musste, und sie würde leiden. Leiden war gut.

Oder bestrafte sie sich für etwas? Tat sie mit ihrem Eheleben Buße für einen flüchtigen Genuss, der ihr in einem schwachen Moment unterlaufen war?

Ida litt am stärksten, wenn sie den falschen Mann nahm, wenn sie überhaupt einen Mann nahm. Wenn sie sich fügte in ein Leben, das ihr äußerst schwerfiel. Die Qual war weit größer, als ins Kloster zu gehen, und der Lohn im Jenseits musste entsprechend ausfallen. Im Leiden wurde Ida groß; im Ausharren entfaltete sich ihre Leidenschaft. Im Schmerz war sie dem Besten, der sich ebenfalls foltern ließ und für sie am Kreuz verröchelt war, am nächsten. Sie verdiente sich den Logenplatz an seiner Seite, den Platz der Königin. Ida stürzte sich ins Martyrium wie andere in die Verliebtheit. Weil sie herausgefunden hatte, was der Tausendschöne von ihr wollte: die wildeste Prüfung, eine lange unverbrüchliche Ehe.

Bis es so weit war und Johann Ida in sein bescheidenes Heim führen konnte, machte er alles. Er führte für ein paar Batzen schwere und reiche Leute auf dem See herum. Er ruderte in Zürich, wie er im Hinterthurgau Tannen, die ihm nicht gehörten, gefällt hatte, aus Not und mit viel zu schmächtiger Gestalt. Zäh ruderte er und sicher ohne Begeisterung, weil er nicht schwimmen konnte. Mit großer Begeisterung jedoch schob er in der Allmend den Piloten an, den Mittelholzer. Im Männerhaus am Wolfbach beim Pfauen über dem See heuerte die Ad Astra Aero AG jeweils vor einem Flug unter den vielen Eingewanderten Anschieber an, und Johann spurtete mit zum großen Ereignis und schob den Hochflieger in einen fernen Himmel. Nach vielen erwanderten, verruderten und abgespurteten Monaten fand er endlich eine richtige Anstellung, bei der Maschinenfabrik in Örlikon, dem Dorf im Sumpfgebiet hinter dem Käferberg, wo sich an einer Eisenbahnlinie immer mehr große Fabriken niedergelassen hatten. Johann wurde Stanzer. Seine Lehre und sein Handwerkergeist werden ihm dabei geholfen haben; wer so feine Ranken in Verbände stickte, konnte auch Eisenbahnteile aus Metall stanzen. Er wird stolz gewesen sein; Johann Schwager-nichts-Besonderes würde nun an einer modernen Maschine stehen, die Löcher in Metall haute und jene grünen Kraftprotze baute, die er von der Bahnlinie in Ifwil kannte. Er würde nicht mehr jeder Gelegenheit nachspurten müssen, sondern in aller Ruhe sechs Tage in der Woche, zehn Stunden am Tag viele, viele Jahre unter dem Dach einer sicheren Fabrik angestellt sein. Johann war glücklich. Endlich konnte er Ida heiraten.

Bei der MFO bekam man nicht nur eine Anstellung, man bekam eine sichere Anstellung mit geregelten Arbeitszeiten. Außerdem stellten die Patrons, die noch keine Manager und auch noch nicht lange Patrons waren, sondern es durch gute Ideen, anspruchslose Arbeiter, gutes Geld und guten Mutes geworden waren, ihren Angestellten an der Hörnlistraße am Örlikoner Friesenberg Reihenhäuschen mit Gärten und drei Zimmern zur Verfügung, die die Arbeiter im Loch des Feierabends zur Zufriedenheit aller mit Kindern füllen mochten.

Die Hochzeit war schlicht, heißt es. Vielleicht war sie nicht mal das. Ida war sehr schweigsam. Ich stelle mir vor, sie ging in die Kammer hinter der Küche, in der Josefa mit dem lahmen Leib lag. Die Schwester wird sie zweifelnd angeschaut haben.

»Willst du denn den Johann?«

»Ich liebe den Erlöser. Ich bin seine demütige Braut und sein Werkzeug. Er wartet auf mich im Himmelreich. Was soll ich denn – ich folge nur seinem Ratschluss.«

»Meine liebe Ida, du solltest aber Johann lieben. Wenn du dich mit ihm vermählst, solltest du ihn von ganzem Herzen wollen. Du wirst Kinder mit ihm haben.«

»Es werden die Kinder des Erlösers sein«, sagte vielleicht Ida. Auch die Mutter Marie, die Ida mit Johann in jener Nacht aus dem Wald hatte treten sehen, äußerte Bedenken, wenn auch anderer Art. Es ist überliefert, dass sie Ida auf den Weg mitgab: »Da hast du dir ein schweres Los ausgesucht, Tochter. Du wirst kein einfaches Leben haben mit diesem Mann.«

Ida trug ein schlichtes Kleid, das sie sich genäht hatte, und ein weißes Blumenkränzchen, wie sie es auch getragen hätte, wenn sie als Seine Braut im Zeichen ewiger Demut und Hingabe im Staub gelegen, einen neuen Namen angenommen und Seinen Ring getragen hätte. Ein weißer Mousselineschleier, mit feinen Ranken bestickt, bedeckte ihre schwarze Flut, die sie für dieses eine Mal vor aller Augen offen trug. Johann hatte ihn ihr überreicht.

Als Ida sich in Josefas Kammer den Schleier und den weißen Kranz auflegte und mit schwarzen Nadeln festmachte, kamen die Tränen. Es war das erste von den beiden Malen, dass Ida lange und bitter weinte. Unaufhörlich habe sie geweint, den ganzen Hochzeitstag hindurch, so sehr, dass jeder es sah und man es heute noch weiß.

Pfarrer Traber vollzog im Falle Idas die Hochzeit selber, er blickte ihr in die Augen und fragte die alten Fragen. Und unter Tränen gab Ida ihm das Ja, das ihr Johann zurückgab, für immer. Weinend hielt sie ihre Wange hin, auf die der Gatte seine Lippen drückte, dann sang sie tonlos »Großer Gott«. Unter Tränen würgte sie im Engel ein paar Bissen hinunter vom Festmahl, in Strömen von Tränen verabschiedete sie sich von allen und von der Mutter Marie und von Josefa und von

Vater Alois, der wahrscheinlich auch weinte. Schluchzend verließ sie den heiligen Strich und stieg in den Zug zu Johann, der an diesem Tag Billette hatte für die Hochzeitsfahrt nach Örlikon und leuchtete.

Der Zug wird Dampf gegeben haben, er wird mit einem Ruck losgefahren sein. Weg von der Heimat, zischend und fauchend und schmatzend. Vielleicht lehnte Ida am Fenster. Vielleicht hob sie die Hand und winkte.

Tränen in den Ohren vom Fahrtwind, bis sie zu Salz getrocknet waren.

Versiegt und fort.

WEIBERN DEN UNTER
GEBENEDEIT BIST DU

Gelacht wurde selten in Örlikon, sagt meine Tante. Johann stanzte Löcher und bestellte den Rest seiner Zeit die vielen Gärten. Er verdiente wenig, aber er war dafür ein geduldiger Gärtner. Von der MFO bekam er einen Pflanzblätz am nördlichen Dorfrand, er lag in den feuchten Wiesen hinter der Fabrik am Chatzenbach, wo Örlikon zum Dorf Seebach wird, das seinen Namen von dem Bach haben muss, der bei Johanns Garten floss und aus dem Chatzensee kam, wie der Seebach in Ifwil aus dem Bichelsee.

Auch die Sümpfe glichen sich. Johann wusste, wie man in feuchter Erde Kohl zog, und ab und zu brachte er einen Aal nach Hause, der vom Rhein über die Glatt und den Leutschenbach auf dem Weg zum See und dann wer weiß wohin war. Den zweiten Garten erhielt er von der Herz-Jesu-Pfarrei, einen besseren, obwohl er kaum Sonne bekam. Er lag im Kirchenacker am Nordhang unterhalb der Kirche, hinter dem Dorfzentrum mit der großen Linde, unter der man vor Zeiten Gut von Schlecht richtete. Sie war bereits uralt, als Johann mit der getrockneten Ida in Örlikon einfuhr und sie zusammen vom Bahnhof über den Marktplatz hinunter ins Dörfchen gingen, an der Linde vorbei und dem Brunnen, und dann vis-à-vis der mächtigen katholischen Kirche den Friesenberg-Hang hinaufstiegen bis zur Hörnlistraße mit den neuen Häusern für die herbeiströmende Arbeiterschaft.

Örlikon blühte, obwohl rundherum die Krise nagte und verschlang, was nicht nict- und nagelfest war. Die Fabriken stampften ohne Unterlass, fraßen und spuckten aus, und aus allen Himmelsrichtungen kamen Fremde auf der Suche nach Arbeit an. Es gab in Örlikon nicht nur den herrschaftlichen Bahnhof, hinter dem die Fabriken prangten wie dralle Gebirge, die nichts ins Wanken zu bringen schien; es gab am Hügel zum Allenmoos auch Villen mit Gärten, so weit und herrlich wie Parkanlagen. Die Straßen im Dorf waren weitgehend gepflastert, sodass man bei Regenwetter keine verdreckten Schuhe bekam, auch wenn man nicht auf der Villenseite wohnte. Johann brachte Ida sauberen Fußes ins neue Heim.

Wenn Johann nach dem Stanzen nach Hause kam, ging er zuerst in den Garten, füllte die schweren Blechspritzkannen in der Regentonne mit Wasser und goss. Es war ein reges Wachsen um ihn her, Frühsommer. Gerade noch rechtzeitig waren sie angekommen, um die Gärten zu bestellen, und Johann hoffte, bald nicht nur Kohl, sondern auch edlere Früchte seines Jätens und Bewässerns in Händen halten zu können. Er freute sich darauf, ich stelle mir vor, er war zufrieden, auch wenn er gemerkt haben muss, dass Ida seine Begeisterung kaum teilte.

Sie war ihm eine gute Hausfrau, wusch ihm die öligen Übergewänder, kochte und flickte die weißen Unterhemden, sie legte ihm jeden Morgen saubere Unterhosen bereit, in denen nie ein Gummiband leierte, auch frische fein gestrickte Socken, jeden Tag ein neues Paar. Johanns Gattin konnte nicht nur nähen, sie strickte auch wie der Teufel. Wenn er nach Hause kam, war die Suppe bereit, die Ida aus allem und nichts bereitete, mit einem Löffelchen Schnittlauch darauf, und neben dem dampfenden Topf lag ein glänzender Pfünder Schwarzbrot, den sie nach dem Tischgebet stets an ihren Busen drückte. Groß und blind starrten die Brüste Johann beim Beten jedes Mal an, dann machte Ida mit dem Messer auf dem Laib drei Kreuze, säbelte zwischen den Hügeln zwei Stück ab, und Johann durfte essen. Ida machte alles perfekt, aber lachen tat sie nie.

Einmal in der Woche kam der Tag der Gaudii mysteria, die Ida zeitlebens ein Rätsel geblieben sein müssen, der Tag der freudenreichen Geheimnisse, Samstag. Johann fuhr mit dem schwarzen Velo in die Fabrik, Ida ging wie immer frühmorgens zur Messe, danach auf den Bauernmarkt am Dorfrand beim Bahnhof, um zu kaufen, was die Gärten noch nicht hervorbrachten. Dann eilte sie nach Hause, um genügend Zeit für die Vorbereitungen zu haben.

Sie kniete sich vor die Figur des Erlösers, der im Schlafzimmer zusammen mit der Jungfrau auf der Wäschekommode wartete. Die Holzfiguren hatte ihr Josefa von den Wallfahrten mitgebracht, und Ida liebte sie, obwohl sie an der Lahmen kein anderes Wunder wirkten als die stete Zuversicht und Lebensfreude, die Josefa bis zuletzt allen anderen schenkte. Josefa schrieb oft, sie kannte Ida gut und könnte die ferne Schwester ermahnt haben, ihrem Gatten ein pflichtschuldiges Weib zu werden.

Ich stelle mir vor, sie ermahnte sie auch, an die Kraft der Perlen aus schwarzem Bernstein zu glauben. Jett hieß er auch oder Gagat, und es wurde dem versteinerten Harz der jahrmillionenalten Araukarien, die vor der letzten Eiszeit auch in Örlikon und dem Hinterthurgau wuchsen, eine große Heilkraft zugeschrieben. Boethius, der Leibarzt Cäsars, hatte vor zweitausend Jahren verkündet, was ihm überliefert war und was Josefa kaum wissen konnte und Ida gefallen hätte. Gegen schlängelndes Getier sei das schwarze Harz gut, auch gegen einen zu tief dringenden Blick, es helfe bei Fallsucht und anderen gefährlichen Ekstasen und wirke Wunder zur Wahrung der Jungfernschaft. Zudem beruhige es Zahnschmerz und Lochweh. Und mit $1 + 3 + 1 + (5 \times 10)$ Perlen wurde es der Code zur Öffnung des Himmelstors.

Ida wickelte den Kranz um die Hand. Der himmlische Bräutigam auf der Kommode hatte die Brust entblößt unter dem lockenden Haar und zeigte ihr sein blutrotes Herz, in dem eine Spitze steckte. Aus der Wunde liefen drei Tropfen Blut, die eine goldene Spur hinterließen und in der Mitte unter der Kutte verschwanden. Sein Gesicht war verzückt, der Blick zum Himmel gerichtet, die Augen halb geschlossen, halb der Betrachterin zugewandt, der Mund nicht milde, sondern fordernd, geschwollen fast. Daneben lächelte Maria, seine Mutter, gefangen in ewigem Strahlen.

Ida zog die Nadeln aus dem Knoten und befreite ihr Haar, das in einer schwarzen Welle zur Taille fiel. Sie kämmte es, bis es schimmerte wie die Jettperlen an der Kette, die sie ihrem Freudenspender um den Hals legte. Dann öffnete sie das untere Fach der Nachttischkommode, in dem im Hinterthurgau ein Topf gestanden hatte, den man in Örlikon nicht mehr brauchte. Ein Geruch nach Kampfer, der wie der Zimt ein Lorbeergewächs ist und auf Menschen mit zwei Seelen erfreulich wirke, und nach Melissengeist, den Klosterfrauen als Erste Hilfe gegen Plagen an Leib und Seele brannten, strömte in den kleinen Raum, in dem außer einem Kleiderschrank und der

Bettstatt, die wie ein Monument von Fleiß und Pflichterfüllung dastand, noch ein Gekreuzigter hing.

In der Kommode lag unter einer Holzschachtel mit Briefen und einem zusammengefalteten weißen Leintuch ein eiserner schwarzer Kranz, mehrfach gewunden, die Dornen rot und scharf. Viele Jahre später, wenn wir bei der Großmutter spielten, habe ich sie manchmal heimlich und voller Ehrfurcht berührt. Ob Ida ihn tatsächlich aufsetzte, wenn sie mit offenem Haar vor dem Bräutigam kniete, weiß niemand. Die Tante sagt, sie zweifle nicht daran. Man könnte sich vorstellen, dass sie den Schmerz mit dem Verkörperten in der Figur teilen wollte. Dass sie die Krone nahm, sie zuerst leicht, dann mit Nachdruck in die Kopfhaut drückte, dass sie dann sein Herz küsste, die Kette von seinem Hals löste, sie auch mit den Lippen berührte und im Kranzgebet versank.

»Du bist gebenedeit unter den Weibern, und gebenedeit ist die Frucht deines Leibes, Jesus, den du, o Jungfrau, vom heiligen Geist empfangen hast.« Das wiederholte Ida mit den übrigen Worten des Lobpreises zehnmal, dann noch einmal mit den anderen vier freudenreichen Geheimnissen des Samstags, eine Perle um die andere ertastend. Dabei schaute sie fest in die verzückten Augen des Einzigwahren und holte sich Trost im Lächeln der Mutter. Nach einer Stunde Versenkung in den Schmerz war Ida erschöpft und seltsam beglückt. Sie versorgte die Krone im Nachtschränkchen, legte sich einen Moment aufs Bett und spürte noch eine Weile den brennenden Stellen auf ihrer Haut nach. Nun war sie gerüstet.

Wenn Johann am Abend nach Hause kam, hielt er etwas Frohgemutes unter seinem Schnäuzchen verborgen. Er badete in der Wanne im Keller; sie stand in der Waschküche, hatte Füße, und der Stöpsel verschloss schlecht. Er musste sich beeilen, wenn er das Wasser im Holzboiler erhitzt hatte, sonst war die Wärme weg, bevor er die Kernseife vom Körper gespült hatte. Danach rasierte er sich sorgfältig und bürstete das Schnurrbärtchen, man könnte sich vorstellen, er summte dazu. Zur Feier des Samstags tätschelte er ein wenig Pitralon, das einen Kampferhauch verströmte, auf die fein geschabten Wangen und setzte sich im weißen Unterhemd zu Tisch. Am Samstag gab es Rösti nach der Suppe und eine halbe Bratwurst mit Zwiebelsauce, und auch ohne ein Dessert war das für Johann ein Festessen zeitlebens. Wie immer bekreuzigte Ida stehend das Brot zwischen ihren Hügeln, wie immer aßen sie nach dem Tischgebet schweigend, danach blätterte Johann ein wenig in den Neuen Zürcher Nachrichten, während Ida das Geschirr wusch. Dann war es schon Zeit.

Sie ging vor ins Schlafzimmer, und wenn Johann nach einer Weile das Zimmer betrat, lag sie mit ausgebreitetem Haarkranz im Kissen unter dem Kruzifix, die Augen geschlossen, die Schultern schimmerten im Schein der Nachttischlampe. Sie hielt das weiße Linnen über sich gebreitet, das sie aus dem Nachttisch hervorgeholt hatte; es verhüllte und verriet aufs Schönste ihren Leib. Johann entledigte sich schnell allen überflüssigen Stoffs, legte seine sehnigen Glieder sorgfältig auf seine weiche Gattin und fand sofort die von Ida handgesäumte Öffnung, die ihn aufnahm. Und weil Tücher auf Häuten leicht rutschen, koste Johanns Mund bald alles, was das Tuch freigab, und es war nicht wenig, weil Ida mit dem Zurechtziehen und Hochzupfen nicht nachkam. Samstagnacht war Johann König; er war der Anführer, der Pfadfinder, der Eroberer, er war Rutengänger und Brunnenmeister, Leibwächter und Seelsorger. Er war ihr Oberhaupt und Unterleib, und Ida folgte ihm und fügte sich. So – oder anders – kamen über die Jahre acht Schwangerschaften und sechs Kinder zustande, von denen eins Albert mein Vater war, der einen halben Satz in sich trug, der etwas werden wollte.

Selbstverständlich ist nicht überliefert, was in diesem Schlafzimmer passierte, wie die Überlieferung vor Schlafzimmertüren meistens haltmacht, gottseidank. Es wird behauptet, dass es ein solches Tuch gab und dass, als Albert schon zur Schule ging, es am Samstag vorkommen konnte, dass die Tür zum Schlafzimmer an der Hörnlistraße verriegelt war, wenn man abends etwas später nach Hause kam. Ich male mir ihr Zusammenkommen so aus, weil es mich freut, wenn es nicht nur gottergeben ablief, sondern wenn durch Johann in Ida eine Welle wunderlicher Wärme gewachsen wäre, wenn sie irgendwann die geschlossenen Augen geöffnet und das Saphirblau sich in Johanns Blick gemischt hätte, tief geworden wäre, fast grün wie das Meer vor dem Sturm, wenn sich durch die Hintertür der empfindsamen Pforten bei meiner Großmutter eine Regung eingeschlichen hätte, aus der ein Funke sprang.

Weil die Wärme weiterlebt. Sonst käme man sich vor wie etwas aus der Mikrowelle, kalt verkettet in die Ahnenreihe in möglichst knapp vertickter Zeit. Ich wünschte mir, es wäre ein Funke Freude langsam weitergegangen, als Albert mit seinem halben Satz anfing. Weil so viel Kälte die Erde umlauert. Aber nur Wärme Leben hat. Weil nur auf der Erde Wärme ist und im ewigen Jenseits nicht. Weil im Himmelsall nichts herrscht als die Eiseskälte und Hitze der Hölle, Sternenstaub und Stein. Keiner der Weltraumfahrer, die ich viele Jahre später – mit Albert und Sophie und den Geschwistern unter dem schwarzen Himmel in eine Wolldecke gewickelt – auf dem Mond landen hörte, kehrte von der allumfassenden Tour zurück, wie er hingereist war. Der Blick auf die Einsamkeit der farbenwarmen

Erde im unendlichen Dunkel veränderte die Fliegenden, für immer. Sie begannen zu lieben oder wurden verrückt. Ich wünschte mir, in meinen Ahnen wäre kein einziges kostbares Fünkchen Wärme verpufft.

Ida gebar dem Weltenlenker also acht Kinder in zwölf Jahren; die Tapfere überlebte auch den Tod zweier namenloser Geistlein, die die Erde wieder verließen, bevor sie getauft waren. Niemand weiß, wo sie hinkamen in der großen Stadt. Auch der Schlag, dass Johann in einer neuen großen Krise seine Stelle als Stanzer von Löchern in der mächtigen Fabrik verlor und wieder arbeitslos und Taglöhner wurde, brachte meine Großmutter, zumindest äußerlich, nicht aus dem Konzept; im Gegenteil, sie wuchs zu ihrer unerschütterlichen Größe. Johann bekam vom Arbeitslosenamt nur gerade fünfzig Rappen am Tag, aber er brachte seine drei Gärten zu höchster Blüte. Auf dem Estrich dörrte man, was im Winter gebraucht werden konnte, die Verwandtschaft im Hinterthurgau vergaß einen nicht, und in der Nacht nähte Ida für die Herrschaften im Allenmoos Hemden, auf der eisernen Pfaff-Tretnähmaschine, die die Mutter Marie ihr schicken ließ. Alle Kinder, die die Geburt überlebten, gediehen dank Johanns Zähigkeit und Idas nicht ermüdenden Kraft.

Nach der Geburt ihres vierten Kindes jedoch verlor sie fast alles Blut. Die Gebärmutter riss und löste sich beinahe ab, als hätte der Sohn sie nicht loslassen wollen, und Ida wäre um ein Haar vor der Zeit heimgegangen ins Paradies. Der Unergründliche schickte sie jedoch zurück, halbe Sachen tadelnd, und prüfte sie weiter. Viele Monate erholte sich Ida nicht von dieser Niederkunft, und die Größeren wurden zur Verwandtschaft nach Itaslen, Ifwil und Thalheim verschickt. Es hieß im Spital – eine frohe Botschaft mag das für die Geplagte gewesen sein –, sie werde keine weiteren Kinder mehr haben können. Dass die Pläne ihres Gebieters nicht nur hart, sondern auch weitsichtig waren, erwies sich einmal mehr, wohnte doch die Schwester Albertis inzwischen in Seebach als Krankenpflegerin. Ihre ganze Nonnenkraft legte Albertis in die Pflege der weltlichen Schwester und des kleinen Söhnchens, und Ida genas.

Dann brach der zweite große Krieg aus, und Johann wurde wieder eingestellt; in den Fabriken, die Eisen und Stahl verarbeiteten, gab es plötzlich viel zu tun, auch in der Schweiz. Als Hilfsdienstler musste er nicht an die Grenze. Nicht mehr in der Stanzerei wurde er verpflichtet, sondern als Hilfsarbeiter in der Gießerei; von nun an schaufelte Johann Sand. Er sagte zeitlebens, das sei die schönere, weil abwechslungsreichere Arbeit gewesen, aber auch härter als das Stanzen von Löchern in Blech. In den glühend heißen Hallen gossen die wegen der Krise minimal entlöhnten Arbeiter Eisen von Hand. Schwerstarbeit war das. Die großen Gussformen aus Holz standen in Sand, der so fest gestampft sein musste, dass er das Eisen aufnehmen und in der Form halten konnte, die das Holz hineingedrückt hatte. Während des ganzen Krieges und noch zwanzig Jahre danach schaufelte und stampfte Johann diesen Sand, damit alles hielt. Das rotflüssige Eisen spritzte, glühte Löcher in seine Hände und Arme. Manchmal hatte Johann auch einen Fuß verbunden, weil ihm eines der schweren Teile auf seine wenig flinken Füße fiel. Und rundherum brüllte der Krieg.

Gefehlt hat er nie in der Fabrik. Morgen für Morgen biss er auf seine Pfeife, watschelte zum Fahrrad, trat mit einem Fuß in die Pedale und schwang den anderen hinter dem Sattel herum. Dann pfiff er die Friesenbergstraße hinunter, die jetzt Viktoriastraße heißt, den Hut in die fliegende Stirn gedrückt, vorbei am Zürcherhof neben der Kirche, an der Metzgerhalle oder auch am Rosengarten, die ihre Namen nicht änderten und die er erst auf dem Heimweg abwechselnd und zur Linderung von Schmerz und Durst besuchen würde. In der Frühe jedoch fetzte er weiter über den Marktplatz und durch die Unterführung am Bahnhof in die Fabrik, ein Fähnlein Tabak hinter sich.

Sehr viele Namen hatten gewechselt, weil die gleichen Bezeichnungen in der nun angewachsenen Stadt den Vorrang hatten, sodass die alten Orte des Dorfes ihre Bedeutung und ihre Heimat verloren, man sie an den Namen nicht mehr wiedererkannte. 1934 war Örlikon der elfte Kreis einer in alle Richtungen ins Kraut schießenden Stadt geworden. Der Ort bekam andere Perspektiven. Die Rütlistraße, die vor langer Zeit zu einem gerodeten Stück Land in der waldigen Gegend führte, hieß jetzt Berninastraße wie das Bergmassiv fern in den Alpen, und der Platz, der zu Örlikons Rütli gehörte, hieß nun Berninaplatz. Die Brunnenstraße, die zum Brunnen auf dem Rütli führte, zielte jetzt in den Himmel und hieß Venusstraße. Die alte Landstraße, die schnurgerade vom Stadtzentrum aufs Land und den Flecken Örlikon zulief, hatte zweimal die Richtung zu wechseln; zuerst wurde sie zur Haldenstraße, die vom Dorf aus die Halde am Ortsrand meinte, dann drehte sie zurück, blickte wieder von der Stadt her und wurde zur Örlikonerstraße. Auch die Zürichstraße wechselte die Richtung und hieß Schaffhauserstraße, die Bahnhofstraße änderte ihre Bestimmung und wurde zur Edisonstraße, die Hochstraße, die das hoch gelegene Allenmoos vom Dorf abgrenzte, wurde die Regensbergstraße und deutete nun weit in den Südwesten. Man kannte sich nicht mehr aus. Aber die Hörnlistraße blieb, was sie von Anfang an war.

Johann hatte nicht zu denen gehört, die lamentierten und partout Örlikoner und Dörfler bleiben wollten. Im Gegenteil, er hatte Ida überredet, einen Notgroschen aus der Fettbüchse im Keller auszugraben, damit er die Familie für viel Geld einkaufen konnte als echte und rechte Stadtbürger. Zeitlebens war er stolz, Bürger von Zürich geworden zu sein, obwohl er den Heimatort Bichelsee behielt und immer wie ein Hinterthurgauer sprach, ein Fremder in einer Stadt voller Fremder, die ihm bald mehr Heimat war als die Heimat, die ihm fremd wurde. Johann murrte nie, er lebte sein langes Leben meistens ohne aufzubegehren.

Höchstens ein Knurren war von ihm zu hören, wenn am Sonntag in der Herz-Jesu-Kirche, die immer brechend voll war, die Leute in den Türen stecken blieben und er als Kirchenordner kaum zu den Bankreihen durchkam, um die drängelnde Herde des Herrn dazu zu bewegen, doch etwas enger zusammenzurücken. Ida war stets früh genug da, um sich linksseitig in aller Ruhe auf ihrem Platz in den vordersten Rängen niederzulassen. Meistens ministrierten die drei Söhne, von klein auf, und waren längst verschwunden in der Sakristei, dem priesterlichen Umkleideraum, wenn die Gläubigen herbeiströmten. Am Sonntag dienten sie unter dem Pfarrer im Hochamt, was eine besondere Ehre war. Als sie größer wurden, amteten sie auch als Fahnenträger in Vereinen und schritten unter Orgelgedröhn mit großem Ernst und gemessenen Takts zum Altar, hinter den Weihrauch schwenkenden Priestern her.

Während der Woche hatten sie Dienst in der Frühmesse, was sie hassten. Nicht nur, weil sie früh war, sondern weil die Frühmesse im Gegensatz zum sonntäglichen Hochamt ein Vikar übernahm, meistens Vikar Vonwald, ein junger, feister Gottesstreiter, der beim Einkleiden in der leeren Sakristei mit den Buben rammelte. Zur ersten Messe des Tages war nur ein Ministrant erforderlich, und wenn der Diener, den es zum

Dienst traf, dem Vikar das Messegewand über den Kopf zu streifen hatte, legten sich jedes Mal die Arme des Priesters um den Schutzbefohlenen, und ein schwerer Körper drückte ihn in die Ministrantenkästen. Die Buben hielten still und warteten, wenn der Vikar unter dem hochehrwürdigen Gewand zu schwitzen und zu keuchen begann und wenn er stammelte: »Kommkomm – wir kämpfeln ein bisschen. Das ist lustig. Mal schauen, wer stärker ist.« Eine Weile rieb der Gottesmann im Schrank auf dem zusammengedrückten Buben herum, bis der Kelch unter dem Gewand vorübergegangen war. Dann zupfte er Stoffbahnen und Bubenhaare zurecht, kniff und tätschelte die Wange des hilflosen Gehilfen, nahm das Gebetbuch, setzte Strenge und Güte in den Blick und schritt hinaus zum Altar, den Gestriegelten im Schlepptau am Messegewand. Ida stand als Erste auf von der Bank, wenn die Tür zur Sakristei sich öffnete, und die restliche Gemeinde, frühmorgens vor allem Frauen, folgte ihr. Ihre Buben knieten und glöckelten immer perfekt die heiligen Momente.

Es ist hier zu erwähnen, dass die Ministranten den Vikar und seine Handgreiflichkeiten längst vergessen haben, wie sie sagen. Es wird betont, dieser Morgenrammeldienst sei nicht dramatisch gewesen. Nur peinlich bis ins Mark, heißt es.

Es war eine andere Messe, die sich in Alberts Herz einbrannte und noch viele Jahre schreckliche Träume in ihm wachrief. Ein Hochamt im Winter, ein sehr grauer Tag. Die Schwagerbuben knieten in Ministrantenröcken auf der Altartreppe, die Luft lag schwer und weihrauchkrank in der Herz-Jesu-Kirche, der Pfarrer hob langsam den goldenen Kelch – »Dies ist mein Blut« – als ein ohrenbetäubender Lärm losbrach. Ein Tosen, ein höllisches Zischen, ein Krachen, Bersten und Brechen, als wollte der Allmächtige alle Verlogenheit und

Sünde kleinschlagen, zusammenkehren und in seiner Faust zu einem schwarzen Loch pressen, um sie im kalten All zu versenken. Vierundzwanzig Mal explodierte der Himmel. Dann war Schweigen.

Die Gemeinde lag flach auf dem Boden und aufeinander übers Kreuz. Zwischen den Bänken wimmerten und wisperten Menschen, umklammerten sich, und beim Altar stand der Pfarrer und hielt die Arme mit dem Kelch zum Himmel, zum Mahnmal versteinert. Die Augen hielt er geschlossen, sein Ausdruck war weniger erschreckt als erwartungsvoll, als warte er, nun hochgehoben und ins Himmelreich eingezogen zu werden zum Jüngsten Gericht. Dies geschah jedoch nicht; die Kirche blieb stehen, und auch der Priester stand. Also führte er langsam seine Arme Richtung Gemeinde, ließ sie über den Verängstigten schweben und begann einen Singsang, mit dem er seine Schutzbefohlenen sanft beruhigte. Der Himmel schien rundherum einzustürzen, aber der Pfarrer stand da wie ein Fels und sang für seine Gemeinde.

Er sei dabei regelrecht über sich selbst hinausgewachsen; sein Gottvertrauen schien den Allgütigen im Allmächtigen zu erreichen und wurde von ihm gestärkt, sodass es in die Kirche Örlikon zurückkehren und wirken konnte. Ruhe und Zuversicht habe die Kirche erfüllt, vom Pfarrer her kommend, so sehr, dass es in die Überlieferung Eingang fand. Das Dach hielt, und der Pfarrer mahnte die Gläubigen, auf dem Boden liegen zu bleiben und zu warten, und stimmte dann »Großer Gott, wir loben Dich« an. Dann kauerte er singend zu seinen Ministranten in die steinerne Türfüllung zur Sakristei und wartete, was da kommen würde.

Meine Tante sagt, sie sei mit der ältesten Schwester zu Hause gewesen. Johann habe Sonntagsfrühdienst in der Kirche gehabt und sei nachher in der Stube an der Zeitung vom Samstag gesessen. Plötzlich sei die große Schwester wie von Sinnen in der Stube herumgetanzt, sie habe »Mariandl, Mariandl« gesungen und sich nicht beruhigen können. Dann sprangen alle Scheiben aus den Fenstern und verspritzten. Johann hechtete unter den Türrahmen, wo er nach den Mädchen schrie, wie man ihn noch nie habe schreien hören. In einer der fürchterlichen Donnerpausen sei er mit den Töchtern in den Keller gestürzt, wo bei jeder neuen Explosion die Kartoffeln aus den Hurden hüpften. Dann sei es still geworden, unheimliches Nichtsmehr.

Eine Weile später kamen die Buben nach Hause gehastet im Ministrantengewand, außer Atem und außer sich und außer Kontrolle, sie hatten sich davongemacht aus des Pfarrers Singerei und waren hinaufgespurtet zur Hörnlistraße. Sie mussten wissen, was da vom Himmel gekommen war und was es getroffen hatte; sie mussten wissen, ob alles in Ordnung war daheim. Dresden, die alte Stadt in den Sümpfen weit im Nordosten, war vor kurzem in Schutt und Asche gefallen, und ihr Zusammenbruch hatte auch Örlikon erschüttert. Albert mein Vater und sein ältester Bruder Hans fanden Johann und die Schwestern im Keller und rannten dann weiter, gegen die Befehle Johanns, hinauf zum Waldrand beim Strickhof, wo es rauchte und gespenstisches Rot in den Winterhimmel züngte. Mein Vater sagt, sie kamen dort an als Erste, vor allen anderen, vor der Feuerwehr und vor der Polizei, die später alles absperrte.

Die Häuser an der Frohburgstraße am Waldrand, die vordem Winterthurerstraße hieß, bevor eine neue Winterthurerstraße neben der alten Hörnlistraße eine weitere Schneise in die Erde riss; die Frohburgstraße führte zu Ruinen. Wo das Haus des Lehrers Pfenninger gestanden hatte, gähnte ein schwarzes Loch. Und der Wald dahinter sah aus, als hätte ein Heer von Riesenwildschweinen sich durch ihn hindurchgewühlt, ihn zu einem Stoppelfeld getrampelt und den Ort mit anderen Hügeln und neuen Mulden zurückgelassen. Auf der Wiese lag schwarz und braun verfleckter Schnee. Wo er weggeschmolzen war in rauchenden Flächen, fanden die Buben Trümmerteile und Bombensplitter, auf denen zerrissene Reste einer Schrift zu lesen waren, in einer Sprache, die sie nicht verstanden. Um die Häuserruinen lagen bunte Zettel verstreut, wie der Abfall eines überbordenden Festes, und zu Lumpen zerfetzte Fahnen klebten im Dreck. Mein Vater sagt, es waren Hakenkreuze darauf. Haufenweise hätten Flugblätter herumgelegen mit diesen Kreuzen drauf. Sie seien nicht herabgeflogen aus dem Himmel, sie seien herausgeflattert aus den zerbombten Häusern. Unter den Trümmern Verletzte und Tote. Die Polizei kam und verscheuchte die Buben, die heimlich einen Bombensplitter nach Hause schmuggelten und in der Hurde im Keller versteckten.

Später las Johann in der Zeitung, die fliegenden Amerikaner hätten wegen der vielen Wolken schlecht vom Himmel auf die Erde gesehen und sich im Ziel geirrt. Sie hätten die Schweiz für Deutschland gehalten. Die Piloten wurden wegen mangelnder Beweise freigesprochen, man entschuldigte sich. Wie durch ein Wunder waren an diesem Sonntag die Eisen gießenden Fabriken in der Nähe stehen geblieben. Und wie durch ein Wunder hatte damit auch Johann Teil am Schwein, das man gehabt hatte, und konnte zum Wohl der Familie weiter Sand schaufeln.

Im Keller an der Hörnlistraße lagerte nicht nur der Bombensplitter, alle Familienschätze kamen in den Keller, und mein

Großvater war ihr Hüter; der Keller war Johanns Reich. Wenn über dem Feierabend schlechtes Wetter hing und er nicht in seine Gemüsegärten oder den Rosengarten ging, werkelte er im Keller. Im Schein einer Karbidlampe sohlte er eine zweite und dritte Lage Gummireifen auf die Schuhe seiner Kinder und verstärkte die Spitzen und Absätze mit Eisenplättchen, sodass man sie von weitem heranklickern hörte. Er stampfte das Sauerkraut, das er aus dem Kohl seiner Gärten einlegte; und die süßen Äpfel, die sie mit dem Leiterwagen zu Fuß in Affoltern auf dem Land holten, wurden einer neben den andern auf die Hurde gelegt, damit sie in Ruhe schrumpelten. Darunter lagerten die schmutzigen Kartoffeln, die sich nie bis zum Frühling zurückhalten konnten und im Dunkeln trieben; in ihrem Schutz prunkte ein Stück Bombe. Zuunterst lag, was von den Kindern niemand wusste, die Fettbüchse vergraben, mit Ersparnissen, die Ida auch in schwierigsten Zeiten zu erzeugen vermochte, sie der Familie und sich vom Mund absparend. Niemals hätte Ida ihre Schätze einer willfährigen unkatholischen Stadtbank anvertraut, die viel zu leicht mit dem Geld kleiner Leute große Risiken in einer Welt voller Sünde und Krisen einging. Alles kam in die staubige Kellererde. Und davor, in einem Korb, wachte die schwarze Sau aus dem Hinterthurgau.

Es war ein Festtag, wenn die Sau angekündigt wurde. Albert mochte zwar manches davon nicht und lagerte es unter der Zunge und zwischen dem Zahnfleisch und den mageren Backen, damit er es später auf dem mit Buchenhecken bewachsenen Hörnliweg hinter dem Haus ausspucken konnte. Er war zwar immer hungrig, aber Gekröse brachte er nie hinunter. Jedoch auf die Würste, vor allem die zimtigen Blutwürste, wartete er voller Sehnen.

Wenn die Nachricht aus Thalheim kam, dass die Schwarze unterwegs sei, liebte er seine Gotte samt Onkel Egon heftig. Mit dem Leiterwagen ratterte er zum Bahnhof hinunter und nahm den großen Weidenkorb in Empfang, der von Egon sorgsam mit Jute bedeckt und zugenäht worden war. Zu Hause im Keller wurde die Fracht aufgefädelt; alle außer Ida standen rundherum und bejubelten die Schätze, die Johann zwischen den Äpfeln und Kartoffeln hervorholte. Auch eine Flasche Kirschschnaps war immer dabei, die sich der Onkel für die heilige Familie vom eigenen Mund abopferte.

Albert sagt, es war überhaupt nicht so, dass Egon und Martha im Überfluss lebten. Es war in hässlichen Zeiten für viele selbstverständlich, auf etwas zu verzichten, um noch Ärmeren über die Runden zu helfen. Nicht unbedingt aus reiner Christenpflicht und als Anzahlung an einen Paradiesplatz geschah dies wohl, im Fall von Egon kaum. Sondern aus einem Hang zu Selbstlosigkeit, der in vielen Menschen angelegt scheint und sie veranlasst, in Notzeiten eine ungekannte Bruderschwesterlichkeit zu entwickeln und über die eigene Gier hinauszugelangen. Aus purer Freude am Gebenkönnen vielleicht, am Teilen des Guten mit andern, aus Lust. Mag sein, weil es sich dann wie von Zauberhand vermehrte. Jedenfalls zweigten der Onkel und die Tante stets ein freudebringendes Stück dessen ab, was sie selber hätten essen mögen oder dem rationierenden Staat hätten abgeben müssen, um es der darbenden Verwandtschaft nach Örlikon zu schicken.

Hunger, sagt Albert, hatte er immer in seiner Jugend. So sehr, dass er jedes Mal, wenn er für den Pfarrer die durchscheinenden Hostien-Plättchen in Seebach abholte, einen Teil davon hastig hinunterwürgte, ungewandelte natürlich. Albert war groß und spindeldürr, und wahrscheinlich hatte er nicht nur mit seinen Geschwistern zu teilen, sondern auch inwärts mit allerlei Gästen. Würmer beherbergten alle, das war normal; seit Urzeiten lebte auch das Krabbelnde und Schlängelnde in Gemeinschaft mit allen. Alles lebte mit allem.

An das Jucken wegen Läusen kann sich Albert nicht erinnern, jedoch war der Hunger ein Gefühl, das ihn in seiner Jugend ständig verfolgte. Es sei das lauteste Gefühl seiner Kindheit gewesen, das Gefühl des Mangels. Nicht selten versetzte er sein Fähnchen, das Ida zur Kennzeichnung der Rationen verfertigte und die Kinder mit ihrem Namen anschreiben hieß, in das Stück Brot seines kleinen Bruders, das immer viel größer war als seins. Die zweihundert Gramm Brot am Tag, die jedem Kind zustanden, sättigten ihn nie. Später, nach dem Krieg, aß Albert einmal in einer Metzgerei an der Krone Unterstraß dreizehn Paar Frankfurter mit Senf, ohne eine Liste, in die man das als Rekord eintragen konnte, und ohne zu kotzen. Einfach nur deshalb, weil er in seinem Leben vorher noch nie so viel hatte essen können, wie er wollte. Es ist anzunehmen, dass es in dieser Metzgerei war, wo Albert sein Gefühl des Mangels zum ersten Mal im Leben gestillt bekam.

Er hungerte, obwohl Ida alle ihre Pflichten erfüllte, um die Kinder anständig am Leben zu erhalten. Johann verdiente als Sandschaufler nicht einmal zweihundert Franken im Monat, die Dreizimmerwohnung der MFO, in der in jedem Bett zwei Kinder schliefen, später drei, kostete neunzig Franken und schlug immer wieder auf. Wenn nicht der Korb vom Land gewesen wäre, und vor allem die Umsicht und kraftspendende Treue ihres prüfenden Himmelskönigs, Ida hätte die Kinder weggeben müssen. Gestützt von Seiner Hingabe am eigenen Kreuz kämpfte sie jedoch mit all ihren Möglichkeiten; sie wuchs zu herzergreifender Unerschütterlichkeit.

Wärme kam darin nicht vor. Außer zu den notwendigen Handanlegungen berührte Ida ihre Kinder nie. Sie scheint die lebensspendende Energie von Zärtlichkeit nicht gekannt zu haben; Ida hatte nichts Weiches zu geben. Nie küsste sie ihre sechs Kinder, sie streichelte ihnen nie übers Haar, und sie ließ sich nicht von ihnen berühren. Sie kochte, wusch, machte Vorräte ein den ganzen Tag, und nachts nähte sie Weißwäsche für die gehobeneren Kreise von Örlikon. Dazu betete sie. Ihre einzige Freude, nehme ich an, war der Gang am frühen Morgen die Friesenbergstraße hinunter zur Andacht. Die frühmorgendliche Vereinigung mit dem Himmlischen machte ihren Blick an manchen Tagen weich, geradezu zärtlich, sodass es vorkommen konnte, dass eins der Kinder, wenn sie dann am Tisch saß, um Bohnen zu fädeln, sie umarmte und seine Wange an ihre drückte. Die Reaktion sei stets gewesen »Was willst wieder?« und mündete in einen nützlichen Auftrag, sagt meine Tante.

Johann hingegen hatte die Anschmiegsamkeiten seiner Kinder nicht ungern. Es war durchaus möglich, dass er sie am Abend auf dem Diwan auf den Schoß nahm, ihre Zappligkeit umfing, bis sie sich ruhig in den Geruch seines Halses kuschelten. Man durfte ihm die Hosenträger spicken lassen, auch die runde Drahtbrille ausziehen und sich selber aufsetzen oder die schütteren Haare kämmen. Ich stelle mir vor, in solchen Momenten begannen Johanns Ohren zu schimmern, und immer auch sein Mund, der sonst zu Hause wenig sagte. Wenn er, was er von Jahr zu Jahr häufiger machte, am Abend noch auf einen Schlummertrunk im Zürcherhof, in der Metzgerhalle oder im Rosengarten verschwand, wo sich die neu zugezogene mit der alteingesessenen Männerschaft amalgamierte, freuten sich die Kinder auf seine Rückkehr, weil er sie jedes Mal am Bett für einen Gutenachtkuss besuchte. Im Zürcherhof im alten Dörfli trafen sich die katholischen Männer, in der Metzgerhalle die sportlichen von der offenen Velorennbahn, im Rosengarten die Tessiner und die Italiener und der Arbeiterverein, dem Johann ohne Begeisterung angehörte. Wenn er dann nach Hause kam und sich über die bis zum Rand mit seinen Kindern gefüllten Betten beugte, war sein Dunst noch um eine Komponente reicher, nämlich um die erdige vom Merlot, wenn er im Rosengarten war, die süße vom sauren Most, wenn er den Zürcherhof berücksichtigte. In der Metzgerhalle tranken sie Bier, das in der Fahne dann nach Brot roch. Johann war auch am Stammtisch der Rennfahrerfreunde willkommen, obwohl er mit dem Fahrrad nur zwischen Hörnlistraße und Fabrik hin und her pendelte und sonst zu Fuß ging.

Er war ein zärtlicher Vater, aber manchmal überkam ihn ein Zorn; dann wurde es gefährlich um Johann. Eine jähe Wut konnte hervorbrechen; sie explodierte aus ihm heraus mit einer brüllenden Wucht, die man in dem dürren Mann nicht vermutet hätte. Es geschah selten, und nie, kein einziges Mal, eilte Ida zu Hilfe, weder den Kindern noch Johann. Meistens geschah es, nachdem sie sich bei Johann über Ungehorsam beklagt hatte. Sie schien den Ausbruch für eine notwendige Züchtigung zu halten, vom Allmächtigen abgesegnet.

Die Aufzählung der Kindersünden brachte die Mutter immer leise vor und mit dem Saphirblick. Das tat sie nicht jede Woche, aber sicher einmal im Monat, oft an einem Samstag. Johann hatte dann den Teppichklopfer zu holen, grauenhaft folgsam, sagt meine Tante. Man musste, wenn es eine größere Schuld war, die Hose fallen lassen, und Johann gab kraftlos einzwei Stüber auf den Hintern.

Dann hieß es auf der Hut sein und schnellstmöglich verschwinden. Weil nämlich mit dem Vater eine Verwandlung geschah. Er kam in Rage, geriet außer sich; mit den leichten Schlägen packte den Mann eine Wut, die er nicht mehr stoppen konnte. Es war, als würde er mit jedem Schlag ein anderes Wesen, ein wütendes, brüllendes, ungeheuerliches Etwas, das in diesem Moment alles konnte, es richtig gut konnte, auch alles zerstören. Irgendwann tauchte der Vater wieder auf, er ließ ab vom Kind und rannte in den Keller, wo er fluchend Holzscheite zerhackte, die Tante sagt, er weinte dann immer. Es kam vor, dass auch das Kind zum hackenden Vater in den Keller schlich, wo sie zusammen hackten, bis das Weinen aufhörte. Und in der Nacht kniete Johann lange vor dem Bett seiner Kinder.

Am Sonntag nach dem Mittagessen fragte er gern, ob jemand mitkomme auf einen Marsch. Die sonntäglichen Spazifizottel, wie die Kinder die Gänge mit dem Vater nannten, waren mäßig beliebt, und oft ging er allein. Hin und wieder aber ging eins mit, nicht weil man gern marschierte, sondern weil im Wandern Seite an Seite mit dem Vater die schönste Verbundenheit lag. An seiner Hand, die immer irgendwo einen Verband hatte, ging man, auch als Bub. Steuerte zuerst hinauf zum Dreispitz vor den Kuhweiden, wo die alte Friesenbergstraße, die jetzt Viktoriastraße hieß, mit der neuen Winterthurerstraße zusammenlief, und setzte sich auf ein Bänkchen. Der Vater stopfte die Pfeife und wettete, wie lange man zählen müsse, bis das nächste Auto vorbeifahre, meistens kam man bis tausend. Und meistens gewann man, weil Johann einen gewinnen ließ und ein paar Räppler aus der Hosentasche zog. Dann ging man weiter – vorbei am Seuchenhaus des Pockenspitals am ehemaligen Stadtrand, das sich später zu einer großen Tierklinik mauserte – zu den Schweinen der landwirtschaftlichen Schule des Strickhofs. Dann dem Spitalerbach entlang hinauf an den Waldrand, wo versteckt hinter einem Erdwall ein Weiher liegt, von dem aus man an schönen Tagen in den ewigen Schnee oder hinter dem Stadtbahnhof viele Gleise sehen konnte, die am Horizont verschwanden. Daneben kauerte der Käferberg mit dem Käferbergheim und schaute schon immer über die Stadt hinweg wie der aus der Erde ragende Teil eines Schädels; auf seiner Schattenseite lag das Nordheim, der Friedhof.

Immer wenn Johann dort am Weiherrand stand und am Käferberg vorbei gegen Südwesten blickte, sah er fast nur Himmel, und sein Herz wurde heiter. Ein Platz zum Glücklichwerden; dann ging man weiter. Vielleicht bis zum Grab des Dichters Georg Büchner, der hundert Jahre früher als blutjunger Mann in Zürich an Typhus versiechte und den Johann sicherlich nicht kannte, aber das Bänkchen neben seinem Stein unter der Linde sehr wohl. Dann hinunter zur Wirtschaft Neuhof, wo Johann Sauren aus dem Thurgau bestellte und ein Glas Himbeersirup. Geredet wurde kaum. Wenn man nach einem solchen Spaziergang zu Hause ankam, wusste man wieder, dass man einen Vater hatte. Und dass das Leben schön war darum.

Ida versah ihre Pflichten, und Pflichten versah man mit Sorgfalt. Dass sie nach der Geburt ihres letzten Sohnes, und nachdem man ihr versichert hatte, sie sei nicht mehr empfänglich und die Weibespflicht entfalle nun, trotzdem wieder schwanger wurde – mit Mädchen –, erfüllte sie mit neuer Bitterkeit. Die beiden Holzfiguren kamen aus dem Schlafzimmer in die Stube. Immer öfter ging sie zur Beichte; ich stelle mir vor, sie hatte manchmal Gedanken, die die Gebetsmühlen nicht mehr zu zermahlen vermochten. Denn das Martyrium hatte noch lange kein Ende, und Johanns Fleiß am Samstag auch nicht. Einmal verschaffte sie sich Luft im Blatt der christlich-sozialen Krankenkasse. Ihr Brief wurde ungekürzt abgedruckt.

Eine stille Heldin hat das Wort

Ich muss allen recht geben, die meinen, dass es heute schwer sei, eine grössere Kinderschar grosszuziehen. Und doch, wenn man die verschiedenen Verhältnisse und Einwendungen etwas genauer studiert, dürfte es für den grössten Teil unseres Volkes doch nicht so schwer sein, wie es sich die Leute im allgemeinen vorstellen, auch mehreren Kindern das Dasein zu schenken. Freilich darf dann niemals fehlen: 1. ein starker Opferwille, 2. restloses Gottvertrauen, und 3. Liebe zur Einfachheit. Mit diesen drei Tugenden bewaffnet, ist auch heute noch Grosses möglich, trotz der Ungunst der Zeit. Ich sehe das am besten in unseren Arbeiterkreisen, soweit es sich um gute christliche Familien handelt; auch mit der eigenen Familie darf ich das beweisen.

Wir sind elf Jahre verheiratet, und der liebe Gott schenkte uns in dieser Zeit fünf Kinder, alle zwei Jahre eines. Damals, als wir heirateten, hatte mein Mann Fr. 1.30 Stundenlohn; er arbeitet in einem Betrieb als Stanzer. Schon nach zwei Jahren kam die Krise und damit die Teilarbeitslosigkeit und Lohnabbau auf Lohnabbau. Schon seit vielen Jahren bringt er nun allerhöchstens Fr. 180.– im Monat heim, obwohl er seit so vielen Jahren im selben Betrieb tätig ist, und man sagt, dass er ein guter Arbeiter sei. Wohl habe ich viele Jahre durch Heimarbeit noch viele Franken dazulegen können, bis ich dann bei der Geburt des vierten Kindes ganz zusammenbrach und eine fast einjährige Krankheit auch noch alle Ersparnisse der ersten zwei Jahre auffrass. Aber damit war auch die Zeit gekommen, wo wir gemeinsam ganz restlos auf die Hilfe Gottes vertrauen lernten, obwohl wir auch vorher meinten, unsere Pflicht getan zu haben diesbezüglich. Seither mussten wir schon hundert Male erfahren, wie wahr der Spruch ist: „Wer auf Gott vertraut, hat auf guten Grund gebaut." Obwohl wir jetzt fünf Kinder haben, hat doch keines einmal Hunger leiden, noch in zerrissenen Kleidern gehen müssen; alle sind gesund und kräftig. Was uns aber am liebsten ist, ist das, dass wir noch nie jemand um Unterstützung angehen mussten; wir sind aber auch niemand etwas schuldig. Und doch hat uns der liebe Gott oft durch gute Leute Hilfe geschickt. So bin ich der festen Überzeugung, dass es auch heute noch möglich wäre, hundertmal mehr kinderreiche Familien zu haben, wenn sich alle jungverheirateten Eheleute die anfangs genannten Grundsätze zu eigen machen würden. Wir wenigstens sind glücklich dabei, und ich kenne noch viele, die es in gleichen Verhältnissen ebenfalls sind. –

Wohl hat es hier in der Grosstadt noch eine grosse Schwierigkeit, die man auf dem Lande weniger kennt; es ist das Wohnen. Erstens will man einem fast keine anständige Wohnung gönnen, sobald es einige Kinder sind, auch wenn man noch so sauber und ordnungsliebend ist, und zweitens fürchten halt viele um die Ruhe; aber ich bin doch der Meinung, es ist oft mehr das Gewissen als der Lärm der Kinder, das gewisse Leute stört.

Und dann noch eines, das viele Frauen fürchten: der Spott. Ich weiss auch da aus eigener Erfahrung, wie weh das tun kann. Da sagte ich einmal zu einer, die auch nichts Gescheiteres wusste, als alle Tage mich wegen des zu erwartenden Kind-

leins zu foppen: „Gute Frau, was meinen Sie, zu was es mehr Mut braucht, ein Kindlein heute freudig zu erwarten und gross zu ziehen, oder andere Leute aus diesem Grunde auszulachen?" Seither habe ich von dieser Frau nie mehr Belästigungen erfahren; im Gegenteil, sie unterstützt mich, wo sie kann. – Und als Letztes noch etwas, was ich schon vielen gerne gesagt hätte: Der Opfersinn soll auch nicht bloss Sache der Frau sein. Ich glaube, wenn wir auch noch viel mehr opferstarke Männer hätten, die so viel Verständnis und Selbstüberwindung zustande brächten, dass es ihnen wieder als Pflicht vorkäme, einer Frau nach einem Wochenbett einige Monate Ruhe zu gönnen, dass sie sich körperlich und seelisch wieder recht erholen kann, es wäre gewiss auch manches besser gestellt in der Liebe zum Kind. Natürlich meine ich da Ruhe durch natürliche Enthaltsamkeit.

Ida Schwager

Auch ein sechstes Kind überlebte Schwangerschaft und Geburt. Und Prüfung auf Prüfung folgte.

*

Es wurde gestorben in Idas Leben. Im Zeitraffer sei es unwürdig kurz zusammengefasst: Pfarrer Traber verstarb überraschend nach einer Operation im großen Zürcher Spital. Alois, Idas Vater, starb viel zu früh. Die Schwester Anny starb jung und schön und kinderlos an einem Gehirntumor. Zwei Schwestern, Pia und Priska, starben kurz hintereinander an Tuberkulose. Josefa starb an der Erkältung, von der sie Ida schrieb. Auch zwei ungetaufte Frühlein starben, und beinahe starb Ida auch selber. Kaum war sie genesen, holten sich ihre beiden jüngsten Töchter am Frauenbrunnen in Einsiedeln, wo man sich besonderen Segen erhoffte, Typhus und wären fast gestorben. Ohne die unermüdliche Pflege von Sr. Albertis, die Tag und Nacht im Kinderspital bei den Mädchen wachte, hätte der Weitblickende sie vor jeder Zeit abgeholt.

Von Anbeginn war Ida so oft auf Friedhöfen; das Sterben gehörte zu ihrem Leben, bevor es etwas geworden war. Sie wird stets darauf geachtet haben, dass sie nicht auf einen Grabhügel trat. Denn es hieß, auf den Hügeln geliebter Verstorbener könne man weit sehen. Ida hätte Schrecken gesehen.

Denn die traurigste Prüfung wartete noch.

Dir mit ist Herr der

Hans war der Älteste und wurde ein Familienheiliger, obwohl er Ida nicht in allem gehorchte. Wäre es nach ihr gegangen, hätte er Priester werden sollen. Aber Hans liebte die Frauen, und er mochte auch seine Schwestern gern, obwohl Ida nicht viele gute Fäden an ihnen ließ. Meine Tante sagt, ohne Hans wäre in der Familie alles schwieriger gewesen, kälter, ärmer, härter. Hans sprang ein, wo es fehlte.

Ida vergötterte ihren Ältesten. Was sie nicht selber zu entscheiden wusste oder zustande brachte, übernahm Hans. Er scheint die männliche Instanz in der Familie gewesen zu sein, Hauptministrant, groß, blond, klug und überdies von einer Wärme, die sogar Ida erreichte. Sie schickte ihn zur Ausbildung ins katholische Institut, danach ließ sie ihn nach Genf und England reisen, und als Hans sich weigerte, ins Priesterseminar einzutreten, gestattete ihm Ida schweren Herzens eine Lehre als Handelskaufmann, bei der Transportfirma Welti-Furrer in Zürich. Hans wollte weg von Örlikon.

Dass sie Geld für seine Ausbildung auftreiben konnte, ist ein Wunder, denn in der Fettbüchse im Keller muss lange Zeit ein großes Loch gegähnt haben. Der Unergründliche hatte Ida auch finanziell geprüft; man hatte Geld verloren. Vielleicht verwendete Ida für Hans' Ausbildung den Trostbatzen der Stadt. Ida hatte nämlich hinter dem Rest Örlikoner Urwald, in der moorigen und unerschlossenen Gegend im tiefer gelegenen Allenmoos, wo es keine Villen gab, eine winzige Parzelle gekauft und eine kleine Erbschaft, die nach der Sterberei im Hinterthurgau angefallen war, in ein Stück städtisches Land investiert. Ein bescheidenes Häuschen mit Garten hätte man beziehen wollen. Aber die Stadt hatte plötzlich die Sünde des öffentlichen Badens zu fördern begonnen und eine Badeanstalt um die andere erstellt. Auch im Allenmoos, wo sie zu diesem Zweck Land enteignete und sich nach kleiner Rückvergütung einverleibte, wie es heißt.

Idas Kinder gingen niemals am freien Mittwochnachmittag ins öffentliche Bad wie die anderen an der Hörnlistraße. Das war unter Androhung harter Strafen verboten. Der Pfarrer wetterte in der Kirche gegen die Entgleisung der protestantischen und neuen linken Stadtoberen und sprach Höchststrafen aus für unbotmäßiges Entkleiden in der Öffentlichkeit. Die Mädchen mussten sich unglücklich daran halten. Albert jedoch, der alles andere als einen schwimmtauglichen Körper hatte, wurde von einer aufgeschlosseneren Macht ein Glückslos zugespielt; man könnte auch sagen, er erkämpfte es sich. Zwischen der Hörnlistraße, der neuen Winterthurerstraße und der Viktoriastraße gab es regelmäßig Wettläufe, und Albert war der beste Läufer in der Gegend. In der zweiten Klasse schaffte er die Strecke mit überragender Bestzeit, und dafür bekam er ein Eintrittsbillett ins neue Allenmoosbad. Vor Ida wurde das verheimlicht, aber am Wochenende kostete er mit dem großen Bruder Hans, der im Institut lebte und zu Besuch war, das Schildern seines Laufsieges aus.

Traurig war nur, dass Albert den Preis nicht einlösen konnte. Nicht wegen Himmel und Hölle, die Krach schlugen, hätte die Mutter davon erfahren. Sondern weil Albert keine Badehose besaß. Am Sonntagabend jedoch, nachdem Hans wieder ins Institut zurückgefahren war und Albert sich nach dem Gebet neben dem jüngeren Bruder im Bett vergrub, fand er unter seinem Kissen eine blaue Badehose. Sie passte genau. Woher Hans sie hatte, ist ein Geheimnis geblieben.

Albert wollte weder der Familienheilige und zuallerletzt ein Kirchenlicht für Ida sein, aber schnell wollte er werden. Wenn er konnte, rannte er wie eine Rakete, die es noch gar nicht gab. Er hatte nicht die großen Wandererfüße Johanns, aber er hatte einen langen großen Zeh, der ihm half, wieder auf den Boden zu kommen oder die Balance zu halten, wenn er im Spurt abzuheben drohte. Albert lief leicht und weit. Seine Füße bewegten sich am liebsten in großen Sprüngen, wie sich sein Kopf statt in langen Sätzen am leichtesten in Versen bewegte, in Balladen. Wenn er aus dem Haus entwischte, was er oft durchs Fenster tat, rannte er. Er brauchte kein Fahrrad, das er auch nicht hatte, er lief und war oft gleich schnell wie die mit dem Rad.

So gut wie laufen konnte Albert reimen. Die Reime lagen ihm quasi zu Füßen, sie kamen ihm schnell und ohne zu müssen, als lebte man in Geschichten zusammen, die sich in rollenden Rhythmen bewegten, in Gleich- und Gegenklängen balzten, aus halben Sätzen ganze tanzten, nach einem Metrum, leicht und schwer. In wogenden Balladen schwelgte er, der Erlkönig kam, als gehöre er zur Verwandtschaft, und zum Takt seiner Beine deklamierte Albert »Die Füße im Feuer« vor und zurück. Nur das Reden in langen Sätzen und Schreiben brachte ihn ins Schwitzen. Er verdrehte die Buchstaben, ließ sie fallen, übersah sie oder sah sie, wenn sie gar nicht da waren.

Vor dem Schreiben hatte er einen Heidenrespekt. Längst hatte er begriffen, dass er das nicht konnte. Dann kam das Fräulein Milt.

Die Lehrerin war jung, und sie hatte ein besonderes Auge auf den dünnen und wortkargen Jungen geworfen, der immer lief und am liebsten Verse von sich gab. Sie schien sich sogar zu freuen an der Sprachanarchie in seinen Heften, die nicht nur Regelschändungen, sondern auch überraschende Bilder zustande brachte. Sie lehrte ihn, ein wenig abzubremsen und still zu sitzen. Auch gab sie ihm, eine revolutionäre Neuerung im Gubelschulhaus, zwei Deutschnoten, eine für die Sprache, eine Sechs, und eine für die Orthografie, die kaum je eine Zwei überstieg. Auch Alberts Zeichentalent erkannte sie und ließ ihn für das Schülertheater gewaltige Kulissen malen und Plakate für den Unterricht. Ohne dass es sein Bubenstolz richtig gemerkt hätte, wurde Albert vom Störenfried zu einer Art rechten Hand der jungen Lehrerin. Mit der Zeit holte sie seine Hilfe auch als Klassensprecher, denn Albert war zwar bei weitem nicht der Stärkste, aber der Schnellste und galt als unerschrocken. Albert mein Vater verehrte Fräulein Milt. Man könnte vermuten, die Pädagogin rettete ihn für die Frauenwelt.

Bis sich diese Errettung ganz vollziehen konnte, gehörte sein Herz der Straßenbande; die Clique von der Hörnlistraße war Alberts wichtigster Anlaufpunkt. Nicht nur mit der Schnelligkeit hatte er sich Respekt verschafft, auch mit ein wenig Kaltblütigkeit. Raufereien mochte er von Herzen gern, weil er mit dem Schwingertrick, den die Bauernbuben aus Thalheim ihm beigebracht hatten, jeden zu Boden warf. Wie er das machte, habe niemand durchschaut, erzählte Albert später seinen drei Töchtern und dem Sohn, wenn sie mit ihm kämpften, während Sophie sich das Lachen nicht verkniff, Apfelschnitze schnitt und in die Idylle verteilte. Man müsse sich einfach nicht unterkriegen lassen, bis man die Oberhand habe. Es gab aber strenge Regeln. Wenn einer mit dem Rücken ganz auf dem Boden lag, war er geschlagen, man ließ von ihm ab und klopfte ihm den Staub von den Kleidern; das war Ehrengesetz. Wenn einer, was ab und zu vorkam, in eine gefährliche Wut verfiel, hinderten die anderen ihn daran, dass er sich ganz vergessen konnte.

Den größten Respekt verschaffte sich Albert mit seiner Kenntnis der Botanik und Lebenskunde. Er war die erste Instanz in den drängenden Fragen, die die Buben umtrieben, wenn sie am Abend auf den Steinen an der Hörnlistraße saßen und im Auftrag der katholischen Jungmannschaft Wadenbinden strickten für die Soldaten im Krieg. Oder wenn sie nachts, später, in den neuen Baustellen der Genossenschaften um ein Feuerchen hockten, tranken und rauchten, an der Zapflerstraße, die mit dem Namen noch an Bier oder an den sauren Wein der Friesenbergterrassen erinnerte und die nun Probusweg heißt, wie ein Kaiser im fernen Rom.

Der Respekt war groß, weil Albert wie keiner sonst wusste, was vorging, wenn am Samstag die Türen zu den Elternschlafzimmern verschlossen waren, und er wusste auch, was geschah, wenn große Hände in Bubenhosen krochen, wie das nicht nur bei Onkels und Vikaren vorkam, sondern auch bei einem Herrn in weißem Hemd auf dem Bänkchen der Tramhaltestelle am Berninaplatz. Albert wusste, wie man Abhilfe schaffte. Er beschrieb, wo alte Männer weiche Stellen haben und wie man sie herankommen lassen und dann ihr Kichern und Keuchen in Jaulen und Fluchen verwandeln konnte. Ich stelle mir vor, mit dem Pathos der Räuberballaden gab er seine Welterfahrung an die Hörnlistraße weiter, und die Bandenmitglieder strickten fleißig und hingen ihm am Mund.

Aus einem der Münder – jenem seines kleineren Bruders, der in der Gruppe geduldet wurde, solange er still und gehorsam war – sei übrigens eines Nachmittags, als sie so in Männergespräche vertieft über den Handarbeiten saßen, ein Wurm gekrochen, ein langer weißer Wurm. Wäre er schwarz gewesen, hätte man im Bruderrachen einen Drachen erkannt, eine der Höllen- und Fegefeuerkreaturen, die auch in Örlikon auf Schaubildern zu den Requisiten des Religionsunterrichts gehörten. Man hätte es wohl als Strafe betrachtet für die geklauten Äpfel und anderes, das sie sich pflückten und zu Gemüte führten. Der Wurm jedoch war knochenweiß und konnte daher nicht Satan sein. Man zog ihn darum ganz heraus, legte ihn auf einen Stecken und warf ihn in den Garten des Abwarts, der die Bande in seiner blauen Ärmelschürze bei jeder willkommenen Gelegenheit beschimpfte und verscheuchte. Dann strickte man weiter um die Wette und erzählte sich Gereimtes und Ungereimtes.

Oft hörten sie ein Singen in der Luft. Es gehörte zum scharfen Takt gedrillter Schritte, die von Dübendorf über Schwamendingen den Berg herauf Richtung Strickhof und Milchbuck kamen. Dann spielte die Bande liebe Buben; der Krieg in der Welt bot den braven Knaben von Örlikon Abwechslung. Sie ließen sich von Kompanien müder Männer die Backen zwicken und tätscheln, nach den Leistungen in der Schule fragen und ob sie Kübler, den Velorennfahrer, beim Tour-de-Suisse-Sieg in der offenen Rennbahn gesehen hätten. Manchmal wurden sie ein Stück weit mitgetragen, wenn die Truppen über die breite neue Winterthurerstraße und den Milchbuck Richtung Zürcher Bahnhof marschierten, wobei nicht selten Soldatentränen einem die Wangen verschmierten, wie es heißt.

Wenn der Alarm losging und man nicht in der Kirche oder in der Schule war, wo man mit Fräulein Milt in einen Kellergang unter der Turnhalle des Gubelschulhauses rannte, in dem man nicht stehen konnte, sodass man sich setzen musste und als Beschützer an des Fräuleins Seite lehnte; wenn also das Heulen in der Luft losging und alle verängstigt in die Keller stoben, schnallten sich die Schnellsten der Hörnlistraße die Rollschuhe um. Das waren Blechabschnitte aus der MFO oder Holzbrettchen, die sie mit Kugellagern aus der Fabrik am Berninaplatz bestückten und mit Lederriemen aus alten Gürteln an die Schuhe banden. Bereits in Schwamendingen riss oder brach aber meist etwas, und sie spurteten die sieben Kilometer über die Holperstraßen zu Fuß weiter, Albert voraus. Bis nach Dübendorf wollten sie, wo Johann den letzten Kaiser gegrüßt hatte und aus der Reihe gestolpert war, zum ersten Flugplatz der Schweiz, der vom Krieg an nur noch für Kriegszwecke gebraucht wurde. Dort, das wussten die Buben, kamen die angeschossenen Amerikaner herunter. Meistens landeten sie heil; aber einmal habe Albert oben beim Pockenspital, wo sie das Rennen starteten, einen aus dem Himmel stürzen sehen. Vielleicht war es ein Trugbild; das Gerüttel der Rollschuhe war hirnerschütternd.

Sie wussten auch, dass sie bei Alarm am Militärflugplatz nicht weggeschickt werden konnten, sondern in Obhut genommen werden mussten, und dass sie also die Abgeschossenen antreffen würden. Und sie wussten haargenau, dass sich Soldaten über die Nähe von Kindern freuen, fast immer und fast überall. Nie vergaß die Bande, wenn sie zwischen den Uniformen herumstrichen, »Tschewinggöm? Tschewinggöm?« zu raunen, und meistens kehrten sie mit vielen Päckchen kostbarer Kaugummis zurück, die härteste Währung in Örlikon. Oft war auch Schokolode dabei, von der sie auf dem Heimweg, wenn die Ruhe wieder eingekehrt war, die Hälfte aßen, was zur

Folge hatte, dass sie zu Fuß auch bis nach Italien gelaufen wären, nicht schlafen konnten und sich nicht mehr entleerten, nicht mal ein Wurm. Die Kaugummis und die Schokolade tauschten sie gegen allerlei ein, einmal war es ein Gewehr mit Munition. Das konnte man auf dem Örliker Bubenmarkt relativ leicht erstehen. Das Schießen übten sie in einer der neuen Mulden im Wald oberhalb der Frohburgstraße. Sie schossen auf Scheiben, nie auf Vögel, sagt Albert, das wäre ihnen nicht eingefallen. Nur auf dem Land schossen sie wegen der Kirschen auf Vögel; unter den Stadtrandbuben galt das als unmännlich. Man schoss auf ebenbürtige Gegner, zudem konnte man in einer Scheibe sehen, wen man wollte. Wenn sie sich ausgeschossen hatten, nahm abwechslungsweise einer das Gewehr nach Hause und versteckte es im Keller unter den Kartoffeln, zum Beispiel neben einem Bombensplitter.

Bis das Gewehr eines Tages verschwunden war. Es verschwand nicht aus Alberts gut gehüteter Hurde, sondern aus dem Keller des Gefreiten Schreiber, dessen Sohn auch zur Bande gehörte. Der Gefreite wohnte um die Ecke an der Viktoriastraße und war berühmt im Land. Man kannte ihn aus dem Radio, der Gefreite sang mit jedem auf der Straße Liedgut und nahm das dann auf. So ein Gefreiter war sicherlich ein ehrenwerter Sangesmann; aber den armen Hörnlisträßlern klaute er das Gewehr. Begründen tat er es bei seinem Wegzug damit, sein Sohn habe auch einen Anteil daran bezahlt, und da man nicht in der Lage sei, diesen Anteil außer mit amerikanischen Kaugummis zurückzuerstatten, sei er befugt, das ganze Gewehr an Zahlung zu nehmen. Auch gehöre so ein Gewehr nicht in Bubenhände.

Die Bande verzieh dies dem Gefreiten nie, obwohl er ein Freund Ferdy Küblers war, dem sie alles verziehen hätten.

Ferdy National war mit dem Radiomann befreundet, und oft, wenn er auf der Radrennbahn trainierte, kam er an die Viktoriastraße zu Besuch. Die Buben lümmelten dann vor dem Haus herum, ließen sich ein Autogramm geben und verfolgten den Helden, wenn er mit einer brüllenden Schar im Schlepptau den Hang zur Kirche hinunterschlängelte. Albert konnte am längsten Schritt halten und schlich sich ab und zu in die Rennbahn, um zu beobachten, wie Ferdy auf den Schrägen der unüberdachten Holzbühne Runden drehte, bis seine große Nase beinahe blutete. Dann saß Albert entrückt am Rand, ließ Verse in sich drehen und träumte von Rennen, die zu gewinnen wären.

Wenn große Wettkämpfe stattfanden und die Buben sich ohne Billett, aber mit der Hilfe irgendeiner Erwachsenenhand in die Rennbahn schmuggelten, oder, selten, wenn Johann mit den Buben zur Bahn pilgerte, dann war das ein Festtag. Nicht deshalb, weil es eine große Sache war in Örlikon und sehr oft die Einheimischen gewannen, Kübler oder Koblet. Sondern weil, wenn man nach einem Rennen nach Hause kam, ein Duft in der Hörnlistraße lag, wie er sonst nie dort war. Ein Duft nach Wärme, Wonne, Übermut. Ein Duft nach Süße, sogar ein wenig nach Geliebtwerden. Ida hatte, immer wenn die Männer von der Rennbahn nach Hause kehrten, einen Kuchen gebacken. Den besten Schokoladekuchen der Welt, wie es heißt, einen nussbraunschwarzen feuchten Freudenberg. Haselnüsse aus dem Garten, Eier aus Thalheim, Schokolade aus dem Armeevorrat, Zucker und Butter, deren Herkunft nur Ida kannte, und dieses Ereignis stand auf dem Kreuzstichtuch des Sonntagstisches in der Stube und eiferte mit dem Herzgütigen und seiner lächelnden Mutter um die Wette.

Es ist nicht überliefert, warum Ida das tat. Kein Besuch wurde erwartet, kein Pfarrer saß zu Tisch, um sich für eine

Spende an die Mission zu bedanken, keine Anstandspflicht musste erfüllt werden, keine verwandtschaftliche Obliegenheit, nicht einmal ein Namenspatron wurde gefeiert, der auch nicht jedes Mal einen Kuchen bekam. Ida buk nie eine Gaumenfreude mehr als nötig; sie ließ sogar jahrelang Albert und seinen jüngeren Bruder, der einen Tag vor ihm Geburtstag hatte, im Glauben, sie seien am gleichen Tag auf die Welt gekommen, um einen Kuchen zu sparen. Am Tag der großen Rennen aber überkam sie eine Frivolität, eine Vorfreude bemächtigte sich ihrer; es könnte vermutet werden, dass sie gar einem sportlichen Eifer und Nationalstolz erlag. Vielleicht gestattete sie sich in diesen seltensten Augenblicken eine Unbeherrschtheit, eine Teilnahme an der Ausgelassenheit, die über Örlikon waberte und alle ansteckte, weil wieder ein Eigener gewinnen würde.

Dass sie ihn buk, einfach um ihren Männern eine Freude zu machen – ein seltsamer Gedanke.

Niemals gab es Kuchen, wenn Fräulein Milt kam. Die beiden Frauen saßen sich auf den harten Stühlen in der kalten Stube gegenüber, und es dürfte schwer wie Bleikugeln zwischen ihnen in der Luft gelegen haben, dass sie sich nicht auf gleichen Altären aufopferten. Das Fräulein mahnte Ida, alle Schüler müssten in den Schwimmunterricht; Ida empörte das. Sie halte nichts von diesem Allenmoosbad, zudem hätten ihre Kinder keine Badehosen. Und sie bräuchten auch nicht schwimmen zu lernen, weil ihre nicht so blöd seien und in Gewässer fielen. Und weil sie nie eine öffentliche Anstalt zu besuchen gedächten, wo man sich auf behördlichen Geheiß der Unkeuschheit schuldig machen müsse. Auch der Pfarrer sei kategorisch gegen diese Baderei, wie überhaupt die heilige katholische Kirche, die in Zürich viel zu wenig zu sagen habe.

Fräulein Milt ließ Ida ausreden, die beim Wort Badeanstalt einen vielsagenden Blick zum Seelensauberen warf, der wie gewöhnlich die Augen verdrehte. Es könne leider keine Ausnahme geben, erklärte das Fräulein. Alle Schweizer Schulkinder hätten die gleichen Rechte und die gleichen Pflichten, auch die andersgläubigen und die strengstgläubigen. Das Schwimmenlernen gehöre dazu. Sie sehe übrigens nichts Böses darin, wenn Menschen sich zeigten, wie Gott sie geschaffen habe. Albert grinste hinter der Tür, durch die abwechslungsweise Frost und Wärme in sein Versteck fuhr.

Die Lehrerin kam immer, wenn nur Ida in der Wohnung war, die ja auch stets die Zeugnisse unterschrieb, mit *Johann Schwager* notabene. Johann war kaum mehr in der Stube anzutreffen; er war im Keller, in einem seiner Gärten oder im ZürcherhofMetzgerhalleRosengarten. Er hätte auch nichts zu sagen gehabt, und wenn ihm eingefallen wäre, einen Entscheid Idas anzuzweifeln oder mit einer eigenen Meinung zu verdünnen, wovon nichts überliefert ist, hätte sie ihn wohl mit dem Saphirblick zum Schweigen gebracht, der in seiner entzückenden Form eigentlich nur dem Freudenreichen zufiel. Fräulein Milt focht allein mit der strengen Mutter, und dass die Lehrerin darin mehr Mut bewies als der Vater, vergaß Albert nie.

Nicht immer glückten die Missionen, die gute Geister im Namen der Kinder an die Hörnlistraße unternahmen. Ins Gymnasium durfte Albert nicht. Die Lehrerin trat an vor Ida und den Allwissenden, aber sie empfahl den Jungen vergeblich in den höchsten Tönen für eine höhere Bildung. Auch das Gymnasium war nicht katholisch in Zürich und in den Händen eines Staates, der halbnacktes Schwimmen verbreitete. Albert beerdigte diesen Traum gleich neben jenem, als Läufer etwas zu werden. Tief vergrub er ihn in seinem Keller, zusammen mit dem

Splitter der Bombe aus einer fremden Welt und dem Rest Munition, für die es kein Gewehr mehr gab.

Denn auch die Delegation des Zürcher Leichtathletik-Clubs, die vor Ida erschien, um Albert zu fördern und in die Reihen der Spitzenathleten aufzunehmen, blitzte ab. Obwohl er, was Albert nie vergessen konnte, jenen schlug, der später Europameister wurde im Langstreckenlauf. Ida sah im Sport nichts Erstrebenswertes; es lenkt den Geist auf den Leib und weg vom Gebet und ehrlicher Hände Arbeit. Viel zu viel Aufhebens werde in dieser Stadt um die Sportlerei gemacht, wo sie jedes Mal nachher splitternackt duschten, was Ida zu Ohren gekommen war. Albert turne im Katholischen Turnverein Oerlikon, das sei genug geturnt. Ansonsten habe er Gescheiteres zu tun; und damit hatte es sich.

Als Albert die Mutter später unter Tränen bat, den Entscheid zu überdenken, drohte sie ihm mit dem Teppichklopfer, mit dem sie höchstselten selber und nur die Mädchen züchtigte. Mit diesem Tag, er war dreizehn, fing Albert an zu rauchen, wie alle wichtigen Männer, die Marke Aida, die vom Namen her hervorragend zu ihm passte, was er uns später in der Werkstatt auf seinem portablen Grammofon mit Gleichlaufschwankungen bewies und vorsang. Er kannte die Marke von den Reklameschildern auf der Sportbahn. Im Rauchen brach Albert bald sämtliche Rekorde.

Das letzte Mal wurde ihm von Ida eine Freude verwehrt im Heiligen Jahr, 1950; danach ließ er sich von seiner Mutter nichts mehr verbieten. Heilige Jahre gab es nur alle Vierteljahrhunderte; sie verhießen für den, der seine Sünden bereute und nach Rom pilgerte, die pauschale Vergebung der Sünden und also direkten Einzug ins Himmelreich, dereinst. Auf diese Weise, so könnte man denken, vermochte der Staat Vatikan mit den zu Abertausenden herbeiströmenden und opfernden Sündern die Haushaltskasse nicht unerheblich aufzubessern. Der Papst höchstselbst und gottgleich erschien über den Scharen und segnete. Wer also rechtgläubig war in Örlikon und es vermochte, reiste nach Rom.

Eine Reise unter den Fittichen der katholischen Kirche war auch für junge Männer bedenkenlos, und so wurde von der Örlikoner Jungmannschaft die Fahrt geplant, alles auf Leib und Seele geprüfte Ministranten. Ida erklärte sich bereit, aus der unerschöpflichen Fettbüchse für die Reise zu stiften. Wochenlang schmiedeten die Jungen Reisepläne, Freiheitspläne, und Albert träumte in einem Himmel herum, wie er so hochfliegend, weit und blau noch nie in seinem Leben war. Eine Woche vor der Abreise kam Tante Sr. Albertis zu Besuch, und er erzählte ihr von seiner bevorstehenden Romfahrt, seiner ersten Reise überhaupt in eine andere Richtung als den Thurgau im hinteren Nordosten. Die Tante gab ihm ein paar Ratschläge, die er befolgen solle vor dem Heiligen Vater. Auch solle er ihr geweihtes Wasser bringen, das allen helfe und mit dem die Nonne die Kinder immer dreimal bekreuzelte, wenn sie sie in Seebach in ihrem Zimmerchen besuchten. Und sie steckte Albert ein Nötchen zu, das zu weit mehr reichte als zu einer Flasche Wasser. Durch seine Vorfreude schien sie richtig in Fahrt zu kommen; sie zwinkerte ihm sogar zu.

Als die Tante gegangen war, sagte Ida: »Ich habe mich umentschieden. Du gehst nicht mit.«

Albert schwieg und verschwand aus dem Zimmer. Er wusste, dass er nichts zu sagen hatte und nichts zu fragen brauchte. Es hätte auch nichts genützt, aus dem Fenster zu steigen, zu laufen und zu weinen. Ebenso wenig hätte es geholfen, mit dem Gewehr, das ohnehin weg war, einen Vogel zu erschießen oder das

Nächstbeste sonst. Schon gar nichts nützte es, den schmerzensreichen Rosenkranz zu beten. Er hatte sich zu sehr gefreut und unter den Augen der Mutter auch die fast heilige Schwester übel damit angesteckt. Die Örlikoner Jungmännerdelegation fuhr ohne Albert nach Italien; Ida öffnete die Fettbüchse nicht.

Für dieses Mal jedoch wendete sich das Blatt. Unterstützung kam von höheren Orts, subversiv quasi und sakrosankt, sie kam von der geistlichen Schwester selber. Albertis verstand den Entscheid Idas keineswegs und veranlasste, dass aus verwandtschaftlichen Börsen eine Sammelgabe an den traurigen sechzehnjährigen Neffen geleitet werde, die es ihm erlaube, die Reise nachzuholen. Einen Monat später ging Albert trotzdem auf seine erste große Fahrt, mutterseelenallein, was nicht das Gleiche war.

Ida trug ihm auf, seine Sünde der Prahlsucht zu beichten. Sie warf ihm vor, durch sein vorfreudiges Verhalten hätten die Leute meinen können, bei ihnen, den Schwager-nichts-Besonderes sei der Wohlstand ausgebrochen; im Keller liege ein großer Koffer Geld vergraben. Ich nehme an, Albert hätte, wäre er später auf die Welt gekommen, etwas wie fuck gesagt, messerscharf und kurz wie ein Dolch. So dachte er, Gopfertori, blas mir in die Schuhe, und reiste ab. Er war glücklich. Keinen Rappen gab er her für abgestandenes Wasser, er beichtete auch nichts, er genoss die fremde Stadt und schaute sich die Welt an, die ihm wahnsinnig gut gefiel. Er hätte für immer bleiben mögen. Aber Albert, so steht es geschrieben, musste nach Örlikon zurück. Um langsam etwas zu werden, ein ganzer Satz.

Meine Tante sagt, die Buben hatten es besser in der Familie. Nicht nur waren sie Gottes Ebenbild, die Söhne Adams, schwach vielleicht, aber weniger mit der Ursünde besudelt als die Töchter der ersten Anstifterin, und darum die Prachtsexemplare der schöpferischen Töpferei. Sie waren zudem das Produkt Ida'schen Pflichtgehorsams ihrem Herrgott gegenüber, also insgesamt mit ihrem Einverständnis herniedergekommen. Die Mädchen jedoch hatten sich außerhalb dieser Pflichtübungen und die beiden Jüngsten gegen die ärztliche Orakelhoheit in ihren Bauch eingeschlichen, was sie zu spüren bekamen. Nicht nur Idas tiefe Verachtung Frauen gegenüber und ihr ewiger Spruch von der hinter allen Übeln der Welt steckenden Frau, auch die Litanei »Wo geküsst wird, wird geheiratet« gehörte zum täglichen Brot der Mädchen.

Besonders schlimm war, dass Ida bei den Mädchen immer verbissener gegen die Sünden der Liederlichkeit ankämpfte. Auch Lieder gehörten dazu, die gottlosen Schlager im neumodischen Radio, eigentlich alles, was heranwachsenden Mädchen Freude bereitete. Sie versuchte, es ihnen handfest auszutreiben, oft mit der Züchtigung der Hintern, weil Mädchen zuallererst durch die Hoffärtigkeit und Eitelkeit ihrer Leiber Unheil in die Welt brachten. Das praktizierte Ida noch, als die Töchter schon Schlüpfer trugen. Wenn sie einem Mädchen ein Kleidungsstück nähte – und Ida nähte aus nichts etwas Schönes –, so überreichte sie es und wartete, ob die Reaktion demütig genug war. Zeigte sich Freude im Mädchengesicht, Überschwang gar, wurde das begehrte Stück weggelegt, bis die Lust darauf verflogen war und damit die Sünde.

So opferte sie ihre Tage und die Freude ihrer Kinder im Dienste der reinen Vereinigung dereinst. Sie tat dies im Verbund mit dem Pfarrer und dem Vikar, bei denen sie die Mädchen anschwärzte und die sie hilfsbereit darin unterstützten, die Teufel aus den Töchtern zu verbannen. Noch weniger als die Buben durften die Mädchen tun und lernen, was sie wollten. Sie fanden das nicht besonders schlimm oder außergewöhnlich. Meine Tante sagt, dass sie nicht ans Lehrerseminar durfte, habe sie eigentlich nur wegen der Begründung geplagt: Das Seminar in Zürich sei nicht katholisch. Nur das habe sie nie verwunden, diesen Fanatismus. Und dass es nicht ein Wort darüber zu reden gab.

Ida holte Erziehungshilfe auch in der weiten Welt. Einmal bekam die älteste der drei Töchter, mit der sie besonders hart im Kampf lag, einen Brief von einem Missionar in Afrika. Ida ließ ihm regelmäßig Spenden zukommen zur Errettung der schwarzen afrikanischen Schafe; der Gottesmann schickte ihr als Gegengeschäft dafür geistlichen Trost und Rat. Idas Tochter schrieb er: *Es wäre das beste, es würde dir ein Mühlstein um den Hals gehängt und du würdest für immer in den Tiefen des Meeres versenkt, weil du eine so schlimme Sünderin bist!*

Idas Züchtigung und Abtötungseifer führte bei den Mädchen dazu, dass ein heiliger Ernst sich an ihnen verklebte. Meine Tante sagt, ein Leben lang habe sie mit der Freude und ihrem inneren Frieden als Frau gerungen.

*

Dass Abtötung von Empfindungen zu höchsten Leistungen führen konnte, zu einer wahren Kunstform, eigentlichen Wundern, zeigte in jenen Tagen ein seltsamer Holländer in Zürich, vor viel Publikum, das sei hier erzählt. Der hagere Mann mit dem Bärtchen und dem nackten Oberkörper sah Idas Gekreuzigtem über dem Ehebett etwas ähnlich, und ich stelle mir vor, dass sie seine Darbietungen im Corsotheater im Mai 1947 gerne besucht hätte. Aber solch teure Extravaganzen gestattete sie sich und Johann nicht.

Dieser Drahtige ließ sich nicht kreuzigen, was ihm allem Anschein nach zu wenig gewesen wäre. Er ließ sich durchbohren. Mit allen erdenklichen Dingen durchstach man ihm den Leib, mit Dolchen, Säbeln und Floretten, kreuz und quer durch den Bauch, durch die Brust und sogar durchs Herz, dass es einem schwarz werden konnte. Manchmal stöpselte er auch einen Gummischlauch an einen hohlen Dorn und leitete einen Wasserstrahl durch seinen Rumpf, bis es klar und sauber auf der anderen Seite wieder herausrann. Dazu lächelte der Mann mit einer vollkommen überirdischen Freundlichkeit.

Dass es Zirkus- und Varietékünstler gab, die mit genialen Fertigkeiten den Leuten Übermenschliches vorspielten, war bekannt und als Feierabendspaß beliebt. Dass aber einer sich dabei filmen und von einer Schar Medizinprofessoren bei der Prozedur mit modernsten Methoden röntgen ließ, gab es bisher nicht. Es kam in allen Zeitungen und blieb bis heute ein unerklärtes Rätsel. Denn noch ungewöhnlicher war, was die Röntgenbilder zeigten: unzählige innere Narben, über fünfhundert, eine große sogar mitten durchs Herz. Die Dolchstiche töteten den Lächelnden nicht. Lange nicht.

Bis die Gier einsetzte und Förderer und Manager ihn umringten. Auf Drängen seiner Berater, und gegen ein starkes Bauchgefühl, das ihn warnte, so ist überliefert, verschluckte Mirin Dajo einen langen Dolch; er würgte ihn mühsam hinunter. Und krepierte elend daran.

Man könnte sich denken, dass der Körperbändiger erstaunt zur Kenntnis nehmen musste, dass sein Arbeitsinstrument, sein Leib, ein noch geheimnisvolleres Gebilde war, als er es erkannte. Dem Geist und Willen gefügig, aber nicht sein Sklave. Dem Herzen ebenso verbunden. Dass dieser Leib für verrückte Ideen zu haben war. Dass es aber einen feinen Faden gibt, an dem die verrückteste aller Ideen hängt, das Leben. Und dass dieser Faden vom Herz ausgeht. Der Mann mit dem hinuntergewürgten Dolch wird verwundert und zu spät festgestellt haben, dass die Abtötung seiner leiblichen Empfindungen auch das allmähliche Sterben des Herzens bedeutete. Ein Herz, das nicht auf das Seufzen, nicht auf das laute Autsch des Körpers reagieren kann, weil ein übermächtiger Geist es knebelt, endet in der Unwiederbringlichkeit. Der Faden reißt, auch wenn nichts blutet.

Der tapfere, empfindungslos und taub gewordene Mann bereitete dem Wunder, das er ohne Zweifel war, ein allzu banales Ende. Schade, dass Ida das nicht wusste. Oder auch nicht, denn sonst wäre etwas nicht gekommen, wie es kam.

*

Albert ging andere Wege und wurde anders und früher errettet, als es die fromme Mutter und die Kirche vorsahen; sein Leben folgte einer anderen Macht. Nicht nur hatte er das Glück, ein Junge zu sein und sich damit gewisse Freiheiten herausnehmen zu können, indem er beinahe nie mehr zu Hause war, sondern meistens auf der Straße. Er wurde gerettet, weil ihn eine aus dem Südwesten zugezogene Familie an der Berninastraße fütterte. Oft mit Cremeschnitten und Würsten, nicht selten auch mit einer Nahrung, die er vorher noch nie gekostet hatte.

Wann immer Albert in der Wohnung der Meisterbrüder war, fühlte er sich gut. Der Hunger verschwand, und aus den schwarzen Löchern, die ihm im Magen und Zwerchfell lagen, stieg Ungekanntes empor. Das geschah, unter anderem, wenn die Frau des Metzgers zugegen war, Hildi. Die Mutter seiner Straßenkollegen mochte Albert auf Anhieb, in ihrer Nähe hatte der dünne Junge das Gefühl, groß, stark und gut zu sein, und das machte ihn glücklich, groß, stark und gut. Auch lernte Albert an der Berninastraße, dass Haut auf eigenartige Weise zu summen beginnt und Kopf und Herz zu Sängerknaben macht, wenn sie gestreichelt wird. Denn zu seiner Überraschung fuhr Hildi, die stets ein wenig nach Frühling roch, dem Burschen ab und zu über den Rücken oder den Haarschopf, wenn er an ihrem Küchentisch saß. Sie drückte auch seinen Arm, wenn sie mit ihm sprach, und lächelte dazu. Sie küsste ihn zur Begrüßung und zum Abschied, und sie meinte die Küsse, die sie küsste, was Albert nicht wissen konnte, aber wusste. Hildi wirkte weiter am Werk, das Fräulein Milt begonnen hatte. In ihrer Nähe bekam er die Gewissheit, dass die Welt, und etwas Weltbewegendes darin, auf ihn warteten. Man könnte sagen, es überkam ihn eine Lust, die ihm wie die Cremeschnitten das Leben versüßte. Nicht überall räuchelte Weihrauchgeruch, und wo er nicht räuchelte, musste nicht alles zu Hölle und Ödnis verkommen.

In der Metzgersfamilie existierte ein Umgang, der von Ida in den allerschwärzesten Tönen verschrien worden wäre, hätte sie davon Kenntnis gehabt, was der Allgütige zum Glück lange Zeit nicht forcierte. Es wurde fett gegessen, gelacht und gestritten; es wurde geherzt. Dann ging man wieder an die Arbeit. Albert konnte sich nicht sattsehen an Hildi, die für ihn nicht nur die zärtlichste und hingebungsvollste Mutter war, sondern auch die schönste erwachsene Frau weit und breit. Und die Augen fielen ihm aus dem Kopf und rollten bis knapp vors Sofa, wenn in der Mittagsstunde der Metzger Hans mit seiner Frau und bei offener Tür auf dem schmalen Diwan in der Stube lag, vielleicht ein Witzchen machte oder über jemanden fluchte, den Hund tätschelte und dann eng umschlungen mit seiner Frau Siesta hielt. Er konnte es nicht fassen, dass zwei nicht von Satan angefaulte Menschen sich küssten, sich lange auf den Mund küssten, vor allen Kindern, und dann zufrieden einschliefen, der Metzger mit einem Grunzen und Schnarchen, das ganze Horden Höhlenbären in die Flucht geschlagen hätte.

Man kann sagen, an der Berninastraße bog Albert mit meinem halben Satz in die Zielgerade ein.

Denn da war Sophie. Hans' und Hildis älteste Tochter war Albert schon aufgefallen, bevor er die Familie kennen lernte. Es war an jenem Tag, als Sophie im pompösen Ligusterschulhaus hinter der Regensbergstraße – die einmal die Hochstraße war, weil man von dort auf das Dorf Örlikon hinuntersehen konnte – ihren ersten Schultag in der fremden Großstadt hinter sich brachte. Ein wenig verloren und, um größer zu wirken, ziemlich mürrisch stand das Mädchen mit den schwarzen Augen und den schwarzen Zöpfen auf dem riesigen Pausenplatz, an eine Linde gelehnt, und Albert vergaß nie mehr, dass er sie dort gesehen hatte.

Ida gefiel der neue Umgang ihrer Kinder nicht, auch wenn sie nicht wusste, dass es dort ein unkeusches Sofa gab. Den Metzger, der als Sekretär und Bürolist des Personalverbandes einen gehobeneren Posten ausfüllte, sah man nie in der Kirche. Bald kam zutage, dass er ein Ungläubiger war, sogar ein Lästerer, womit er in Idas Gunst für immer verstarb. Seine Frau besuchte zwar ab und zu eine Messe, aber so unregelmäßig, dass es für Ida nicht zählte.

Mit ihrem großen Sonntagshut schritt sie bei der Kommunion an der Metzgersfrau vorbei, würdigte sie keines Blickes, beobachtete aber, dass man immer in den hintersten Reihen unter der Empore Platz nahm, in der Nähe der Tür, wo die weniger Gläubigen mit den kleineren Hüten saßen und auch jene unseeligen Schnellkommunizierer, die die Messe gleich nach der Wandlung und vor dem Segen wieder verließen. Ida hingegen setzte sich mit dem Plättchen auf der Zunge wieder an den Rand in den vordersten Bänken, kehrte in sich und zum Dornenreichen heim, ohne etwas aus den Augen zu verlieren.

Albert ministrierte, und es sei hier wiedergegeben, was er vom erhöhten Posten aus beobachtete und später, wenn Vikar und Glaubensherde gegangen waren, in der Sakristei vorlas:

Für Brave
Mit schiefem Chopf und Blick uf Morn,
d'Haltig schön schwach gneigt nach vorn,
d'Lippe ständig liecht bewegt,
demit en jede sofort gseht,
ich, d'Frau Meier, bin rächt fromm,
und so komme jetzt was komm.

Ich chnünle zerscht da i dem Bank,
wer drinie will, mach en Rank
und probiers vo säber Site,
da chasch mit mir nöd striite.
Ich bätte au em Pfarrer na,
will ich Latinisch läse cha.

Und d'Frau Hueber dänkt, genau,
wänn die das cha, chan ich das au.
Jetzt stiegt d'Frau Moser no druf i,
drum chas d'Frau Keller nöd la si,
und plötzlich ghört mer vo der Stell,
en eigenartigs Bätt-Duell.

> *Äs lisplet, summet, schwirrt und tönt,*
> *es quietschet, güret, möhnt und stöhnt,*
> *dass mänge bravi Christema,*
> *wo grad studiert am Toto nah,*
> *öbs ächt mit* GC *lauft verschisse,*
> *wird us sinner Andacht grisse.*

Ida bekam das nicht zu Gesicht. Sowieso konzentrierte sie sich auf die Solothurnerin, die kaum Lateinisch zu können schien und auch vor und nach der Messe auf dem Kirchenvorplatz wenig mit anderen Mitgläubigen parlierte, wie das üblich war. Und zu allem Überfluss fing die Fremde aus dem Südwesten in Örlikon mit einer Mode an, die später dann überall um sich griff. Sie herzte ihre Kinder, auch auf der Straße nach der Messe, sie scherzte mit ihnen. Und es kam vor, dass sie beim Heraustreten an die Sonne eine ihrer Töchter umarmte und küsste, dass sie sich nachher bei einem Sohn einhängte und so inmitten der Kinder nach Hause spazierte. Die Halbfromme, von der man anderes hätte erwarten dürfen, weil sie aus der hochwürdigen Bischofsstadt Solothurn kam, zeigte Unverschämtes. Sie zelebrierte nach dem Gottesdienst eine Freude, als hätte der Himmelsschöne sie in der Messe besonders gemeint. Ida fand keinen Gefallen daran.

Aber ich vermute, sie hätte sich gerne auch bei einem Sohn eingehängt.

Dafür wäre nur einer infrage gekommen.

Idas einziger Lichtblick, ihr Leuchtturm auf dem beschwerlichen Weg, war Hans, der Älteste. Ida war immer stolz auf ihn gewesen, er war ein Bild von Mann, der beste Ministrant, er glöckelte genau im richtigen Moment und kräftig, er konnte Englisch und Französisch und war ins Kaufmännische gegangen. Nach der Lehre bekam er eine hervorragende Anstellung mit Aufstiegschancen bei der Sécheron in Genf, die heute zur ABB gehört, und unterstützte die Familie in Örlikon nach Kräften. Einzig, dass er seine Talente nicht in den Schoß der Kirche, sondern in den einer Verlobten legen wollte, verwand Ida nie ganz. Ich nehme an, sie fühlte für ihren ältesten Sohn, wie sie sich das eigentlich nicht gestattete.

Und der Ideenreiche prüfte; er prüfte ganz besonders hart.

Eines Tages musste Hans für die Genfer Firma auf eine große Reise. Er durfte niemandem etwas davon erzählen, so ist überliefert; dieser Spezialauftrag scheint hochgeheim gewesen zu sein. Nur so viel durfte er sagen, dass er mit dem Auto nach Marseille fahren und unterwegs sämtliche Brücken auf den Allgemeinzustand und die Tragfähigkeit prüfen müsse. Kurze Zeit später wurde er wieder losgeschickt, diesmal als Begleiter eines gewaltigen Lastentransporters. Man fuhr nachts, weil die Fracht nur nachts nach Marseille gebracht werden durfte. Niemand wusste, was da an den Hafen verschoben wurde. Hans sagte einmal, die zu transportierende Last sei sehr schwer gewesen, unvorstellbar schwer. Und kurze Zeit später erkrankte er. So sehr, dass man ihn sofort ins Spital bringen musste.

Und nach einer Weile kam aus Genf ein tapferer Brief nach Örlikon.

Meine Lieben,

Recht herzlichen Dank für den lieben Brief und das Paket. Mit all den Früchten und sonstigen Sachen die ich bis jetzt erhalten habe, kann ich bald einen Laden eröffnen. Doch habe ich nun, nach einem Unterbruch von 3 Tagen, wieder guten Appetit.

Mit der Gesundheit gehts nun wieder langsam bergauf. Seit vorgestern bin ich nun fieberfrei. Auch habe ich seit ich im Spi-

tal bin ca. 3,5 kg an Gewicht zugenommen. Wie mir der Arzt sagte, kommen Drüsenschwellungen wie sie bei mir aufgetreten sind, in seltenen Fällen bei Brustfellentzündung vor. Doch sei die genaue Ursache und der Ursprung nicht bekannt. Die Heilmethode kennt man jedoch. So musste ich vor einigen Tagen eine „Rosskur" durchmachen. An zwei Abenden wurde mir je ein $^1/_2$ Liter 5%ige Zuckerlösung tropfenweise in die Armvene eingelassen. Während dieser Operation wurden in die Zuckerlösung Medikamente aus drei Flaschen eingespritzt. Man hatte mir prophezeiht dass grosse Übelkeit und Brechreiz auftreten werden. Um dem entgegen zu wirken gab man beruhigende und einschläfernde Mittel. Habe die ganze Sache aber äusserst gut überstanden, nur der Appetit wurde mir für kurze Zeit völlig verdorben. Die Schwellungen im Bauch sind beinahe ganz verschwunden und schmerzen nicht mehr. Die rechts am Hals sind ganz weg; links wurde mir ja ein Teil der Schwellungen (nicht die Drüsen) vor zehn Tagen operativ zu Untersuchungszwecken herausgeschnitten. Morgen werden nun an der Schnittstelle die Fäden entfernt; die Wunde selber spühre ich gar nicht mehr.

Ich hoffe somit, in nicht zu langer Zeit aus dem Spital entlassen zu werden, um mich zum völligen Auskurieren etwas in die Höhe zu begeben.

Die Pflege hier im Spital ist ausgezeichnet und auch die ärztliche Behandlung lässt nichts zu wünschen übrig. Besuche habe ich immer viele erhalten. Gestern waren 12 Personen hier und heute wieder deren 7. So geht also die Zeit nicht zu langsam vorbei.

Nun möchte ich noch „der Kleinen" zum Geburtstag Glück wünschen. Um ein Geschenk werde ich mich kümmern, sobald ich wieder in „Freiheit" bin.

An alle viele Grüsse

Euer Hans

In die irdische Freiheit wurde Hans nicht mehr entlassen. Er wurde kurze Zeit später in die Universitätsklinik nach Zürich überführt, und als Albert ihn besuchte, erkannte er ihn kaum, geschrumpft und grau lag sein großer schöner Bruder in den weißen Laken; ein erschöpftes Gerippe.

Ida wich nicht von seiner Seite. Tag und Nacht betete sie, hastete Runde um Runde von Perle zu Perle durch die Anrufungen, flehte in immer verzweifelterer Ratlosigkeit um Erbarmen. Jeden Tag blieb sie restlos alle Stunden im Krankenhaus, bei ihrem einzigen geliebten Kind. Hans verlöschte schnell, und ich stelle mir vor, getröstet und federleicht davongetragen vom Murmeln seiner Mutter. Er starb klein und durchscheinend, fünfundzwanzigjährig, an Leukämie.

Einer Krankheit, die man bekommt, wenn man sich zu nahe an teuflischen, weil vermeintlich sicheren Dingen aufhält, mit denen die unbedachten Menschenkinder – nächste Verwandte der Affen – gerne spielen und des Großmächtigsten uralte Ordnung erproben. Albert sagt, es ging das Gerücht, dass ein winziger Lapsus – wie sie immer passieren, wenn Zauberlehrlinge fuhrwerken –, dass wohl eine kleine Unbedachtheit ein Quäntchen Strahlung aus dem Geheimtransport freisetzte und das Leben des Bruders vernichtete. Ein Nichts, das alles in sich verschluckte, war es bloß. Ein tonloser, geruchloser, körperloser Gruß aus der Hölle.

Mit Hans' Tod brach der Berg Ida zusammen. Sie saß in der kalten Stube und weinte. Meine Tante stand bei ihr und hörte sie flüstern: »Warum gerade Hans? – Warum gerade er? – Warum hast Du mich verlassen?«

Ida weinte das letzte Mal.

Sie weinte unendlich.

Gnade der voll, Maria

Niemals hätte Albert ein Ersatz werden können für Hans, von Anfang an nicht, und das war mein Glück. Er war nie so gut wie Hans; nicht einmal Ida wollte ihn zum Geistlichen formen. Albert war nie dazu zu bringen, Pfarrerlis zu spielen im Messegewand, das Ida den Kindern nähte. Er schwieg lieber und rannte zeitlebens durch Wälder, weil er gerne schwieg und rannte, und weil er Wälder liebte. Er rannte immer lange, im Rhythmus seines Herzens und jener großen Verse, die von großen Helden oder großen Teufeln erzählen, vom König, der dem Knaben ein Leids angetan, oder John Maynard, der den Uwe den Wogen entriss, vom wilden Aar, der die Maid in so grenzenloses Leid stieß, dass sie nicht einmal ein Trauerkleid zu nehmen mehr imstande war, vom Keltenhäuptling Orgetorix, der vor schweigenden Eichen mit dem Schwert sich eigenhändig entleibte, von zuckenden Füßen in der Glut, von Feuerzeichen, die es – und sieh, und sieh! – an Belsazars Frevlerwände schrieb und schrieb, von der Brücke, zermalmt in drei Winden. Diese Verse wurden unsere Vatermilch.

Auch die Liebe befiel Albert schon früh in Reimen und mit dem Schwung und Überschwang, für die sein Herz geschaffen schien. Alberts Pumpe, wie er sie nannte, war größer als normal, was die Ärzte immer den Kopf schütteln ließ und eine zweite Pulsmessung vornehmen. Das laut und langsam schlagende Herz mit dem großen Fassungsvermögen bewegte ungewöhnlich viel Blut, was dem Laufen förderlich war und ebenso den großen Gefühlen.

Und so wurde Albert früh ergriffen von der Schönheit in Form von Weiblichkeit, wie sie Sophie verkörperte und Ida stets fürchtete. Heimlich steckte er den Auserkorenen erdichtete Liebe zu, nicht nur Sophie, sondern bereits in der Grundschule einigen versuchsweise Auserkorenen. Nicht vielen, aber jenen mit französisch klingenden Namen, die ihn an Frauen stets beunruhigten. Seinen drei Töchtern später gab er allen einen weltfremden französischen Namen, an zweiter Stelle erst, gottseigepriesen, weil die Mutter neben dem Sinn für Romantik auch einen fürs Praktische hatte und über weise Voraussicht verfügte. Ich zum Beispiel hätte Madeleine geheißen, was in Örlikon nicht vorkam und also zu Made oder Madle umgebaut worden wäre. Es hätte hervorragend zur verletzlichen Seele der frühen Jugend und zum »Schwanger« gepasst, zu dem man den ortsfremden Geschlechtsnamen verschönte. Sophie verhinderte das, wie sie oft Alberts Verrutschungen korrigierte. Sie machte aus seinem Leibe Liebe, aus seinen Kissen Küsse. Sie hatte keine Mühe mit seinen Sätzen ohne Gesetze.

Dass sich Sophie schließlich ganz in Alberts Leben fügte, bewirkte er nach langem Warten mit einem kleinen Trick, der dem Schicksal, das nur auf diesen deutlichen Wink wartete, in die Schuhe half. Das ist jedoch eine kurze Geschichte, die ihre Zeit haben muss.

Schon vom ersten Moment an hatte sie ihm gefallen, ihr unverstellter Blick und das ziemlich ungezähmte schwarze Gelöckel passten in seine Räuberballaden; ihre kleine Gestalt, die vor seinen Schüleraugen von Jahr zu Jahr fraulicher und frohlockender wurde, schlich sich in seine Gedanken und schmiegte sich dort aufs Aufregendste an seinen Läuferleib. Albert sagt, sie war die Frau seiner Träume, bevor er von Frauen zu träumen begann. Und sie blieb es, das ist zu erwähnen, bis er mit Träumen aufhörte und mit dem Fliegen anfing. Manche Träume halten ein Leben lang, obwohl sie aus unendlich feinen Stoffen sind.

Nie konnte er die Berninastraße entlanggehen, ohne den Schritt zu verlangsamen und zu pfeifen im Takt seines Ganges. Häufig ertappte er Sophie, wie sie dann zufällig auf dem Balkon stand; aber sie hätte ihn nicht zu mehr ermuntert, als mit ein paar Pfiffen heraufzugrüßen, dann war sie wieder weg. Ida sah sofort und von weitem, wie sie behauptete, in Sophies Augen Verderbnis, mochte sie auch katholisch getauft sein, und untersagte Albert den Umgang. Im Quartier verbreitete sie, man müsse sich hüten vor einem solchen Blick, was Albert von einem Kollegen erfuhr, der es von seiner Mutter wusste, die es beim Warten vor dem Beichtstuhl vernahm. Man sehe es diesen Augen an, dass sie von Grund auf sündig seien. Ja wahrscheinlich unehelich. Todsündehöllenqual. Wie Ida sehen konnte, dass Sophie in Solothurn tatsächlich fünf Monate vor der kirchlich erlaubten Zeit gekommen war, oder woher sie es wusste, blieb ihr Geheimnis.

Die Höllenqualen waren aber ganz anderer Art, als es eine Ida sich ausgemalt hätte. Im Wald, auf keuchenden Runden, kalauerte Albert: »Hüte dich vor den Weibern mit den lüsternen Leibern«, lachte dazu und fürchtete sich. Denn er litt an der neuen Freiheit, die seit Rom in seinen Gedanken war, weil in Örlikon nun der Frühling ausbrach. Immer häufiger knöpfte

Sophie ihre Blumenkleider nicht mehr über dem Busen zu, und sie ließ die schmale Mitte, die in einer Schwindel erregenden Kurve in ein weites Becken mündete, aus dem später vier Kinder entsprangen, mit einem leuchtenden Gürtelchen zur Geltung kommen.

Der verliebte Albert brauchte Idas Höllenhunde nicht mehr. Er machte sich die Qualen selber.

Es schmerzt und brennt,
doch kann ich es nicht fassen.
Und wenns die Brust mir sprengt,
ich muss es glühen lassen.

Leg ich mich zur Ruh,
es legt sich mit mir hin.
Drück ich die Augen zu,
es lässt mich nicht entfliehn.

Stürz ich ins Vergnügen,
dreht es im Tanz mit mir,
will ichs im Spiel betrügen,
es findet mich auch hier.

Ach könnt ich es nur greifen,
mit Fäusten hart wie Stahl,
es endlich von mir streifen,
was alles macht zur Qual.

Nach der Sekundarschule wurde es etwas besser. Albert musste nicht mehr jeden Tag den gleichen Weg gehen wie die kräuselnden Augen über dem Frühlingskleid. Eine Lehre stand an, und da Sandschaufler sogar in Örlikon keine Perspektive mehr war und er zum Priester nicht taugte, schickte Ida ihren zweiten Sohn ins Niederdorf, den wüstesten Zürcher Rummelplatz, zu einem katholischen Berater. Der waltete zwischen Spelunken und Käuflichkeit und wurde Ida von der Pfarrei als Kenner der Berufe empfohlen.

Im Niederdorf begrub Albert einen weiteren Traum, seinen geheimsten. Er war ihm auf vielen Runden gewachsen, nämlich Förster und ein Held der Wälder zu werden. Der Pfarrer fand das einen erstaunlichen, um nicht zu sagen hochtrabenden Berufswunsch für einen Arbeitersohn ohne Wald und Gymnasium. Etwas für ihn Passendes lasse sich aber sicher finden.

Er ließ Albert auf Formularen Kreuze machen und tätschelte ihm die Wange, was Albert nicht mochte und immer noch weiß. Zum Schluss schlug der geistliche Berater ihm vor, da er partout nicht ins Kaufmännische wollte, eine Fotografenlehre ins Auge zu fassen, das sei eine Zunft mit Aussichten, und Albert scheine ja, wenn man die Zeugnisse anschaue, eher eine gestalterische Begabung zu haben.

Albert malte sich aus, in der MFO, wo sein Vater sich die Haut verbrannte, mit einem Stativ durch die Hallen zu wandeln, als Betriebsfotograf, wie der Vater eines Bandenmitglieds, das die Kunstgewerbeschule ins Auge fassen durfte. Er malte sich aus, zu reisen, draußen zu sein, zu fliegen gar. Unterwegs zu sein, Bilder zu schießen und heimzuschicken, Postkarten. Das klang gut. Albert war einverstanden.

Also durfte er beim Niederdorffotografen zwei Tage schnuppern. Aber nach zwei Tagen Rotlicht im Labor, in dem er nichts als zwielichtige Köpfe aus stinkenden Bädern zog, trabte Albert wieder vor den Berater.

»Sei nicht so unbescheiden. Aber seis drum, Tapezierer-Dekorateur. Das ist ein ganz neuer Beruf. Das hat ebenfalls vielversprechende Aussichten.«

Wieder tätschelte er die Wange, und Albert hielt still und fand, das Wort Dekorateur klinge fast wie Fotograf, verheißungsvoll. Er malte sich aus, Schaufenster zu dekorieren, Plakate zu entwerfen, Kulissen für das Theater gar. Dekorateur sollte gehen für einen, der nicht ins Büro wollte. Der zwar nicht mehr Sand schaufeln, sich aber gerne die Hände schmutzig machen wollte mit etwas, das er richtig gerne tat. Und zufrieden setzte der Gottesmann das Kreuz. So entschied sich Albert als Einziger der Örlikoner Sekundarklasse, nicht die Regeln der Verbuchung und Vermehrung von Geld zu erlernen, sondern etwas mit den Händen, ein Handwerk. Und Ida unterschrieb bald als *Johann Schwager* den Lehrvertrag.

Sophie hingegen hatte die Entscheidung für die Berufswahl ihrem Vater, dem Metzgermeister, zu überlassen; sie machte eine Lehre als Fleisch- und Wurstverkäuferin, obwohl sie weit lieber Blumensträuße oder schöne Schuhe gebunden hätte. Und als wäre eine Fügung am Werk gewesen, führte Sophies morgendliche Fahrt mit dem Tram von Örlikon ins Seefeld, was auf der gleichen Strecke lag wie Zollikon, wohin Albert ebenfalls zu seinem Lehrmeister fuhr. Beide benützten die Tram Nummer 22; Sophie stieg am Berninaplatz ein, wo die Arbeiterströme in die Kugellager-Backsteinfabrik eilten, hinter der die Villen des Allenmoos standen. Albert schwang sich am Obstgarten auf die offene Plattform, einer Haltestelle, die zwischen der Hirschwiese und dem Milchbuck ausharrte, bis sie verschwand. Wie die Villen, die Obstbäume, wie die Milch, die Hirsche, die Wiese und wie auch der Gletscher vom Hügel der Endmoräne nicht mehr ist. Meistens trafen sich die beiden im vorderen Wagen, aber manchmal ging Albert – sodass Sophie es deutlich sehen konnte – in den Anhänger, wo die erwachsenen Männer unter sich waren und rauchten, dass es die Scheiben beschlug. So sahen sie sich nun jeden Tag, grüßten sich manchmal mit den Augen und ließen sich nichts anmerken.

Beim Tapezierermeister Hartmann, einem eingewanderten Deutschen im reichen Zollikon mit Seeanstoß am anderen Rand der Stadt ließ Albert sich also zum Dekorateur ausbilden, wie er meinte. Als er jedoch anfing, wurde ihm klar, dass das, was er nun lernen würde, nicht das war, was er lernen wollte. Tapezierer-Dekorateur war lediglich ein modisch aufgefrischtes Wort für den alten Polsterer und hatte wenig mit dem Neugestalten von Räumen und Schaufenstern zu tun. Er tröstete sich damit, dass es immerhin nicht so verstaubt klang, wie es war, und dass er jeden Tag in der 22 fuhr, denn es gab kein Zurück.

Albert hatte das Renovieren von durchgelegenen Rosshaarmatratzen zu studieren; ab und zu durfte er auch dabei sein beim Formen von antiken Fauteuils und Stilsofas für die Zolliker Kundschaft. Meistens aber fegte er den alten Staub aus der Werkstatt, stand mit dem Mund voller kleiner Nägel in der Zupfstube vor stark riechenden Matratzen und dachte an Wälder und dunkle Augen. Einmal habe er auch eine Wand tapeziert. Ansonsten freute er sich auf seine Morgenfahrt, absolvierte den Tag, langweilte sich drei Jahre lang durch die Gewerbeschule, mogelte ein paar Zeugnisse mit dem Eintrag »Albert könnte mehr leisten« an Ida vorbei und machte dann die Abschlussprüfung als Polsterer-Tapezierer-Dekorateur, die beste seines Jahrgangs im Kanton Zürich, so ist es überliefert. Dann war Albert reif für die Freiheit und suchte seine Abenteuer.

Er suchte sie zuerst in der Rekrutenschule, die er sofort an die Lehre anschloss, Panzergrenadier in der Radfahrer-Stabskompanie Numero fünf. Auf Wälder, Weite und einen Himmel ohne Jenseits freute er sich, auf Pflichten für erwachsene Männer und auf die Alpenkette zwischen sich und Ida. Auch hoffte er, dass es ihn erleichtern würde, wenn er Sophie nicht mehr ständig sah.

Er wollte sie vergessen. Er musste sie vergessen. Denn seine Gefühle für die Metzgerstochter, die nach dem Willen des Vaters einen reichen Metzger vom noblen Zürichberg heiraten würde, waren richtig schmerzhaft. Zur falschen Zeit am falschen Ort, rissen sie kreuz und quer an ihm, unerfüllbar. Albert Schwager-nichts-Besonderes war nichts, ein Arbeitersohn mit streng katholischer Mutter, zu jung ohnehin, noch nichts geworden. Nichts war an ihm, das denken durfte, was Albert im Herzen quälte wie ein unversehens eingefangener Dorn, den er nicht entfernte, weil etwas daran hing, das er über alles liebte, ohne es zu kennen. Trüb saß er in den Felsenfestungen herum, bewachte sie und rauchte.

Und in der Abgeschiedenheit keimten Verse.

Einsam irr' ich durch die Zeiten,
doch niemand reicht mir seine Hand,
dass vereint wir weiter schreiten,
gestärkt durch tiefer Freundschaft Band.

Wohl treff' am Wegesrand ich viele,
die Freund mir sind für einen Tag,
doch keiner war wie du das Ziele,
es schon lange in mir trag.

Vielleicht ist's nur die Hetz' der Tage,
die mir bringt stets jene Last,
die ich nicht zu teilen wage
mit irgend einem fremden Gast.

Albert war ein guter Soldat, aber kein Held der Abtötung. Es wuchs das Verlangen, das Ziehen und Brennen, trotz klaren, um nicht zu sagen scharfen Befehlen des Geistes im Hirn. Es wuchs mit jeder Windung, mit der er es weiter in sich hinunterschraubte, als gelangten die Wurzeln so tiefer und ungestörter in eine Schicht, die das Sehnen nährt und in der die wegweisenden Fügungen vielleicht schon gelöst umherschlängeln und -scharwänzeln, bevor sie, wenn ihre Zeit reif ist, durch diese Wurzeln heraufkeimen, um zu fruchten irgendwann. Seit er Sophie mit dreizehn Jahren unter der Linde auf dem Pausenplatz des Ligusterschulhauses zum ersten Mal wahrgenommen hatte, gehörte sie zu seinem Leben mit einer Selbstverständlichkeit, die nur die beiden nicht erstaunte.

Beim Pingpongspiel waren sie sich dann das erste Mal richtig begegnet, im Garten der reich gewordenen Italienerfamilie, die an der Ecke Berninastraße und Viktoriastraße eine Villa mit Goldfischteich besaß und deren Sohn zur Hörnlistraßen-Gang gehörte wie Sophies Brüder. Sophie wurde, als Zuschauerin und Bewunderin sportlicher Künste, zum Kampf zugelassen, und es konnte ihr nicht entgehen, dass Albert der Anführer war, weil er am wenigsten redete und am meisten zu sagen hatte und weil er ständig rauchte. Es schmetterten Bubenwitze mit Drall und Effet hin und her, man prahlte mit nächtlichen Treffen in den halbfertigen Neubauten der Wohnblocks am Probusweg, wohin niemals Mädchen mitgenommen wurden, aber Zigaretten und Bier, was zur ehemaligen Zapflerstraße passte. Die Zigaretten waren von Alberts Freund, dessen Mutter einen Kiosk zwischen der Spelunke zum Stieren Egge und der Metzgerhalle führte. Man habe sie von dort mitgenommen. Selten, überliefert Albert der Vater verlegen.

Er gewann leicht beim Pingpong, und er wusste längst, dass Sophie ihn sah und von weitem erkannte, nicht nur wenn er gewann beim Pingpong. Es war so, dass sie von Anfang an Wege zusammen gingen, einfach weil sie sich begegneten, nicht nur auf dem Weg zur Schule. Auch zur katholischen Andacht frühmorgens, die zuerst von der Behörde im reformiert sozialistischen Zürich verboten wurde, dann aber nach einer Abstimmung zugelassen werden musste, spazierten sie gemeinsam und eigentlich schweigend. In der Kirche setzten sich die beiden nach und nach jedes Mal ein wenig weiter nach hinten, in den abnehmend gläubigen Teil, aber stets auf der geschlechtlich richtigen Seite.

Und eines Tages, als hätten sie es abgesprochen, warteten sie nur noch das Confiteor ab, mit dem sie Sünden bekannten und übergroße Schuld auf sich nahmen, dann verließen beide ohne einen Blick ausgetauscht zu haben die Kirche. An der Sonne trafen sie aufeinander und waren nicht überrascht. Man spazierte zum Waldgarten und dann dem moosigen Waldrand entlang Richtung Ziegelhütte, wo es eine Gartenwirtschaft mit einem Pfau und eine Kegelbahn gab, in der Albert später mit dem Kegelclub jahrzehntelang am Dienstag in der Männerrunde saß. Mit Sophie jedoch machte er rechtzeitig kehrt, um zum »Ite, missa est« wieder in den Kirchenbänken zu stehen, den Segen zu empfangen und das Kreuz zu machen. Dann gingen sie zur Schule.

Auf diesen Spaziergängen zum Waldgarten taten sie nichts. Sie gingen nebeneinander, sie plauderten kaum, sie hielten sich nicht an den Händen, sie küssten sich nie. Es scheint, als habe dieses gemeinsame Gehen – das sie bis heute pflegen – lediglich eine Zusammengehörigkeit besiegelt, die längst bestand. Sie wussten das beide, und alle anderen wussten es auch. Ida tat ihr Bestes, um zu verhindern, dass die beiden in ein gemeinsames Leben wuchsen. Ein Vikar, der Präses der katholischen Jungwacht, überbrachte ihr nämlich persönlich die Nachricht, dass Albert und Sophie ständig zusammensteckten und die Schulmesse für liederliche Zwecke missbrauchten. Auch sei nichts gebeichtet worden, höchst alarmierend dies. Man beschloss, dem Treiben ein Ende zu bereiten, bevor es sich ins Todsündige weiten konnte. Ida verbot Albert den Kontakt zu Sophie und pochte auf die Rückendeckung der Kirchenmacht. Nicht zuletzt deshalb schickte sie Albert wohl in eine Lehre nach Zollikon am anderen Ende der Stadt. Um ihn aus dem Magnetfeld der Metzgerstochter zu entfernen. Idas Autorität war alt und umfassend. Bis er nach Rom ging, schien sie Albert unüberwindbar.

Nach dieser einsamen Reise jedoch begann er die Existenz Sophies vor der Mutter zu verheimlichen. Und focht fortan einen wortlosen Kampf mit allem, was Ida in ihn hineingepflanzt hatte; Albert begann seine Seele zu jäten. Mit einer Leidenschaft, die er sich über den Gemüsebeeten Johanns nie zugetraut hatte.

Krachendes Toben, Feuer sengt,
ein Meer von oben und unten sich mengt,
rast, umschlingt sich, zertrümmert und fällt.
Ein Jüngling auf Deck seine Wache hält.

Er sieht nicht die türmende Wogengewalt,
vor ihm entsteht eine lichte Gestalt.
Ein Mädchen ist's, noch kaum erblüht,
und dennoch in reinem Feuer es glüht!

Und hat so den Jungmann wohl unbedacht
entrissen dem Ekel der Triebesmacht.
Drum berstend die Höll jetzt nach Rache brüllt
und ihn mit Blitz und Donner umhüllt.

Doch er lacht heut Sturm und Wind,
er denkt nur an seines Kapitäns Kind. –
Da gellt über Deck ein vielstimm'ger Schrei,
das Schiff ist geborsten, der Rumpf ist entzwei.

Schon rasselt von Deck das rettende Boot,
doch – einer muss bleiben im Wrack, beim Tod.
Die Matrosen schon alle gewichen sind,
da steht auf Deck noch mit Frau und Kind
der Kommandant, vom Tode umgeben
küsst er die Seinen – und opfert das Leben.

Doch nein – der Jüngling kommt ihm schnell zuvor,
es öffnet sich weit ihm das Wassertor.
Er blickt auf die drei mit bebendem Mund.
Da öffnet sich wieder der Wasserschlund,
und er springt – und ruft in den stockenden Wind:
Bete für mich, du reines Kind!

*

Ida zeigte sich bei der Geistlichkeit von Herz Jesu erkenntlich für die unternommene Intervention gegen aufwuchernde Sentimentalitäten. Sie spendete aus dem Rätsel der unerschöpflichen Fettbüchse. Sie spendete ständig, sagt meine Tante, nicht nur für die Fronleichnamprozessionen. Seit der Reformation war dieses Fest des Leibes des Gesalbten, des Frühsommers und der Blütenpracht im Kanton verboten gewesen und konnte nach vierhundert Jahren zum ersten Mal in Örlikons schnell wachsender katholischer Gemeinde wieder durchgeführt werden. Die goldene Monstranz mit einem Stück des Erlösers wurde feierlich durch die Straßen getragen, die Viktoriastraße hinauf von Freiluftaltar zu Freiluftaltar, begleitet von kleinen Mädchen, die Blumen streuten, und Tambouren in den schönsten Flegeljahren, der schleppenden Blechmusik zum Schluss. Ida bezahlte nicht nur für den in ihren Augen viel zu überbordenden Blumenschmuck auf den Außenaltären, sie opferte auch für die Vergrößerung der Kirche, die während der Messen inzwischen aus allen Nähten platzte.

Es waren keine Batzen, die Ida gab, sie hatte auch in Spendedingen die vorderen Ränge im Sinn. In der Handtasche, die sie stets in der Armbeuge an den Mantel gedrückt hielt, wenn sie mit den schwarzen flachen Schuhen in die Kirche marschierte, steckte mehr als nur ein wenig Kleingeld. Es steckten Noten im Futter, und das wussten das Herz Jesu und seine Gemeinde. Ida, die Frau eines Hilfsgießers mit sechs Kindern, vermochte Kirche und Missionen so kräftig zu fördern wie wenige und wurde deshalb auf der Kanzel lobend erwähnt und auch in Fürbitten eingeschlossen. Alles eine Frage des guten Willens. Ich nehme an, Ida genoss ihre Prominenz und den Respekt der Gemeinde.

Von den reichen Tiefen im Handtaschenfutter wusste man, weil Ida einmal stürzte auf einem nassen Baustellenbrett direkt vor der Kirche. In hohem Bogen flog das Handtäschchen durch den Regen in den Graben, einem Arbeiter vor die Füße, und Ida lag mit gebrochener Hüfte im Dreck. Man musste den Messebeginn verschieben und einen Krankenwagen kommen lassen. Als Ida mitten im Gewitter auf der Bahre lag, stöhnte sie aber keine Gebete; sie rief laut und deutlich: »Jesus und Maria, mein Täschli, mein Täschli!«

Schon kam der Italiener in dreckigen Hosen angerannt und legte es ihr mit schwarzen Händen auf die Brust. Er tätschelte ihr das Täschchen mit einem Lächeln ans Herz, und dieses Lächeln war so seelenrein, dass es sich überlieferte. Noch bevor Ida mit der Bahre in den Krankenwagen verfrachtet werden konnte, im Regen am Boden liegend, zählte sie die Scheine, die der Straßenarbeiter aus dem Morast gerettet, abgewischt und wieder zwischen die Heiligenbildchen im Gebetbuch gesteckt hatte. Es fehlte keiner. Es waren zehn. Tausendernoten. Und die Pfarrei stand um Ida herum und zählte ehrfürchtig mit.

Sophie, die auch dabeigestanden war, fand später, der brave Italiener hätte das Täschchen besser im Dreck versteckt, für sich aufbewahrt und etwas Feines für seine Familie damit gemacht, als derart übertrieben ehrlich zu sein. Nur damit Ida so viel Geld, das sie ihrer Familie vom Mund abgeizte, der Kirche bringen konnte. Nur damit diese Kirche in Afrika die armen Negerlein, wie es von der Kanzel verkündet wurde, vom Schwarzen befreien konnte und dafür schwarzkatholische Zucht und Ordnung bringen. Wie sie auch in Örlikon die Farbigkeit – außer auf Altären – aus dem Leben zu vertreiben trachtete.

Sophie hätte Ida, wäre das möglich gewesen, mit Freude zum Mond geschickt. Nicht nur in jenem Moment im Regen vor der Kirche. Sie war unglücklich, sie litt an einer Unentschlossenheit, Herz und Verstand lagen im Kampf. Wäre da nicht ab und zu ein Zettel gekommen, auf dem mit leidenschaftlicher Regellosigkeit etwas erklang, was sie im Innersten aufwühlte, sie hätte sich wohl aus Alberts Anziehung befreit.

Sie hielt aber stand, und ich müsste lügen, wenn mich das nicht freute. Sorgfältig übertrug sie in einem kleinen Leinenalbum Alberts Verse ins Reine und schmückte sie mit schimmernden Ranken. Viele Jahre hielt sie dieses Büchlein versteckt, zwischen den cremefarbenen Schlüpfern, den Strumpfgürtelchen und den spitzengesäumten Miedern, die Frauen wie Sophie während der langen Jahre ihrer Ehen als stützende Hülle um zu viel Weichheit trugen.

Und so konnte die Geschichte – mehr Glück als Verstand – weiter werden.

Sie kamen sich näher im Theater, im Pfarreitheater im Sternensaal, gegen das weder Ida noch die Gottesmännerschaft etwas einwenden konnten. Albert fungierte am liebsten als Zwielichtigkeit, als heldenhafte Zerrissenheit, die in langen Versen ohne zu stocken litt und wütete. Sophie versuchte sich in schneeweißer Schürze hingebreitet zu seinen Füßen als Maid. Und sie gingen ins Kino; sie gingen heimlich zusammen aus. Das ergab sich allerdings immer erst, wenn Albert mit Sophies Bruder Karl verabredet war, in eines der Örlikoner Lichtspieltheater zu gehen, ins Colosseum, das erste Kino der Stadt Zürich, ins Sternenkino oder das Excelsior. Albert stand dann wortlos im Korridor, und Sophie wartete hinter einer Tür, bis Karl laut sagte: »Sie könnte ja später nachkommen. Oder, Albert?«

»Klar. Wenn sie will.«

Und so folgte sie den beiden mit ein wenig Zeitabstand, meistens in Begleitung der Schwester oder einer Freundin, und setzte sich dann neben Albert, der immer einen Platz freihielt für sie neben sich. Sehr nah und im Dunkeln saßen sie. Sie hielten sich nicht an der Hand; sie saßen einfach nebeneinander im gleichen Film. Sophie ahnte Alberts Bein unter der Hose ganz fein an ihrer bestrumpften Haut, was sich für immer ins Gedächtnis grub. Die Hitze in der nicht vorhandenen Berührung kann es gewesen sein, die sich in ihre Erinnerung brannte; die Kraft zwischen zwei standhaften Magneten, die sich zu nahe sind, um nicht ineinanderzufallen. Eine Frage der Zeit war das lediglich.

Sophie und Albert küssten sich nicht, man wusste es bereits. Ich brannte darauf in meinem allseitigen Nichts und im Dunkel des Kinos, aber sie blieben bei Verstand und verwehrten sich dem wohlfeilen Glück, ergaben sich der Anziehung nicht. Auch nicht, als sie eines Nachts von der Ziegelhütte bis nach Wallisellen laufen mussten, drei Kilometer durch den Wald. Allein mit dem Mond, mit Schatten und Schemen, Sternen wohl auch, rundherum schönste Finsternis und Fürchterlichkeit, und Sophie, wie sie zeitlebens keine Abenteurerin und in solchen Situationen ängstlich sein konnte, ging eng an Alberts Schulter. Sie musste sich anlehnen an den Begleiter im Dunkeln, der sogleich zum Beschützer wurde, mit jeder Faser aus Fleisch und Blut an ihrer Seite da und nah, von Schatten gezeichnet und duftend in der Nacht und aufregender noch als das Wort Mann, das seit einer Weile so besonders in Sophies Ohren klang. Sie fanden schnell den gemeinsamen Schritt, aber, herrjesses, sie küssten sich nicht.

Dem Waldrand entlang waren sie vom Waldgarten her zur Ziegelhütte gekommen, wo oft gefestet wurde in der großen

Holzhalle oder an lauen Abenden unter den Kastanien, wenn es in Schwamendingen oder Örlikon etwas zu feiern gab, und hatten in der Wirtschaft erfahren, dass an diesem Abend nur im Doktorhaus zu Wallisellen etwas los sei. Und weil ihnen danach zumute war, machten sie sich auf den Weg nach Wallisellen, zu Fuß, Sophie in unpassend hohen Pumps, Albert in den schwarzweißen Spectator-Schuhen von Hans, die Sophie sehr beeindruckten. Nicht nur die Dunkelheit ließ sie an den Begleiter anlehnen, auch ihre Stöckel verlangten das, und so erfüllten die schönen Schuhe, wozu sie geschaffen wurden, nämlich dass Frauen sich hin und wieder an Männer lehnen. Auch schmerzten nach kurzer Zeit Zehen und Fersen, so sehr, dass Sophie kaum mehr gehen konnte, und Albert musste sie ein wenig tragen durch den Wald. Er hielt sie in den Armen und sie sich an ihm, sodass ein Teil ihres Gewichts auf ihn überging und sie leichter wurde an seiner Kraft, beinahe zu schweben begann, und sie lachten. Kein ganzer Satz wurde gesagt auf diesem Weg, dann waren sie in Wallisellen.

Es hing an einem Faden.

Erst beim Rumsitzen im Militär, wo Männer oft ins Sinnieren kommen, erst im ersten Wiederholungskurs dämmerte etwas in Albert. Sophie war nämlich inzwischen ausgeflogen aus Örlikon und in einer Anstellung im Welschland gelandet, die der Metzgermeister für sie ausgesucht hatte; eine Vorbereitung für ihre künftigen Aufgaben als Ehefrau. In Fribourg lernte sie und kannte sie drei Fritzen. Sie zog Fritzen an, ein welscher Fritz um den anderen begann um sie herumzutanzen, was Albert zu Ohren kam. Diese Fritzen machten seiner ihm Bestimmten schöne Augen; sie linsten ihr in die Bluse, wie man sich vorstellen konnte. Alle drei wollten sie ehelichen, aber Sophie machte sich rar, wie es Brauch in der Familie war. Sie ließ die Blicke kommen und ließ sie gehen und ließ sich auch gern im Kreis drehen. Bei weitem nicht so zurückhaltend wie Albert war Sophie; sie liebte das schmiegsame Tanzen, sie kannte das Küssen, und sie lachte gerne, auch in Augen, die sich an ihr festsaugten. Sie war fröhlich, aber keine Tändlerin, mit Kokettereien konnte sie nichts anfangen. Nie hatte sie mit Puppen gespielt, eher war sie ein wildes Kind, das mit Buben raufte, weil das einfach lustiger war. Sie schminkte sich kaum, frisierte sich schnell und ein wenig nachlässig, aber sie liebte Schuhe mit Absätzen, schöne Kleider und dieses Gefühl zwischen den Beinen, wo sie über dem Strumpfband nackt waren. Im Welschland, so ist anzunehmen, fühlte sie sich wie noch nie und dringend fraulich, bräutlich gar. Das lag an den bilinguen Fritzen, die ihr mit dem Esprit des Nordostens und dem Sinnencharme des Südwestens das Herz umgarnten.

Auch in Örlikon war Albert nicht der Einzige, der beide Augen auf Sophie warf. Hans, der Berner Protestant, Metzgermeister und Fleischfachmann, der eines Tages in der Stadt ein eigenes Geschäft übernehmen konnte, hatte wie gesagt bereits den Sohn des edlen Zürichbergfleischers als Nachfolger und Samensatzträger für seine älteste Tochter vereinbart. Mit dem wenig stämmigen Albert konnte er nichts anfangen. Und die zugehörende Mutter war ihm nicht nur wegen der Kirchenfrömmigkeit suspekt; sie war ihm ein richtig rotes Tuch. Ida verlangte nämlich unter Zuhilfenahme der Freundschaft der Söhne nicht nur ungehörigen Rabatt in der Metzgerei, sie bestellte die Kalbsschnitzel auch einzeln. Hätte Hans gewusst, dass sein milchweißes Kalbfleisch gar nicht gegessen, sondern von Ida über Nacht auf das eiternde Gritli am Auge einer Tochter gebunden wurde und nachher mit leisem Murmeln unter der Lärche im Garten vergraben, er hätte sie im Kühlraum noch wütender scheinheilige katholische Hexe genannt. Die Wertschätzung war gegenseitig; Ida revanchierte sich bei Hans dem Heiden, indem sie ihm ausrichten ließ, im Fettnetz seines stadtbekannten Hackbratens habe eine tote Fliege geklebt. Man solle ihr den Betrag gutschreiben. Tote Fliegen waren des Teufels in einer Metzgerei, und Albert musste die Nachricht überbringen, was ihm das Schicksal aller Boten solcher Nachrichten eintrug; Hans war gegen Albert, absolut. So sehr, dass er auch darüber kein Wort verlor.

Entscheidend war, dass Hildi Albert mochte. Hildi liebte, was ihre Kinder liebten. Sie liebte es vielleicht schon, bevor die Kinder selber merkten, was sie liebten. Ich stelle mir vor, sie sah in dem wortscheuen, kettenrauchenden, hungrigen Jüngling mit den großen Händen und dem wildweichen Mund den Vater voraus, der mit seinen vier Kindern am Samstag in einer vollgestopften Wanne saß und Geschichten deklamierte, sodass es Wellen schlug. Der die Glühenden danach kräftig in den Hintern biss, bis sie quiekten vor Entzücken, und sie dann eins ums andere in raue Tücher wickelte. Vielleicht sah sie den somnambulen Schläfer voraus, der nie schnarchte und nie erwachte, aber jede Nacht und oft mehrmals den Zipfel der Bettdecke anhob, damit man aus Albträumen fliehen und in seiner stark duftenden Wärme Ruhe finden konnte. Vielleicht sah sie sogar, dass er kein perfekter Vater war. Aber mit Sophies Hilfe einer mit Leib und Seele werden konnte.

Albert ahnte wohl Hildis Einverständnis, und er wusste von den Fritzen. Und so fasste er sich ein Herz und ersann, endlich, den kleinen Trick.

Am Fuß eines Alpenpasses im Glarnerland, in einem schattenvollen Tal, hielt er also Wache und ließ sich anhimmeln von aufgetakelten Mädchen, die immer fröstelten und die es in solchen Gegenden zu allen Zeiten dorthin zieht, wo junge Soldaten sich langweilen. Eine besonders Hübsche wärmte sich die Hände zwischen Alberts immerwarmen Fingern und schenkte ihm dafür ein Bild. Eine herzige Fotografie sei es gewesen, die er in sein Portemonnaie steckte.

Am Wochenende dann, am Samstagabend, so ist überliefert, ließ er sie im Stieren Egge mehrmals aus dem Geldbeutel auf den Beizentisch rutschen, was von allen sofort registriert und noch schneller weitergesagt wurde. Örlikon ist wie alle Dörfer in großen Städten ein Nest, in dem die Lauffeuer gerne lodern. Die Freunde wollten wissen, was es mit dem Bild auf sich habe. Auch Sophies Brüder betrachteten die Schöne in Alberts Börse. Man diskutierte Vor- und Nachteile einer so offenherzigen, ländlichen Eroberung und war sich einig, dass sich eine nähere Erkundung vor Ort für Albert lohne.

Und alsobald kam Sophie selber damit. In der Wohnung über der Metzgerei passte sie ihn ab, als er am Sonntag in der sehr männlichen Uniform auf ihre Brüder wartete.

Wie es ihm gehe?

Und was es auf sich habe mit dieser herausgerutschten Blondine?

Es gehe ihm sehr gut.

Und er wisse nicht, was sie meine.

Außer sich sei sie gewesen, erinnert sich Sophie. Stehen gelassen habe sie den Untreuen und sei ins Wohnzimmer gerannt, wo das alte Sofa stand. Und Albert sei ihr nachgekommen.

Sie saßen nebeneinander auf der Feierabendliege von Hildi und Hans, und ich stelle mir vor, sie sahen ein bisschen aus wie Sonntagskinder, die sie beide von Geburt an waren.

Hildi zog leise die Tür zu. Und ich hielt den Atem an.

Nach einer Weile holte Albert einen zerknitterten Zettel aus der Hosentasche und legte ihn auf Sophies Schoß.

Mehr Glück als Verstand
*Noch füllt der Jugend Ideale
mir mit Begeisterung die Brust,
und aus des Lebens voller Schale
trink ich frohe Tatenlust.*

*Da zieht ein erstes männlich Reifen
mich ungestüm zur Liebe hin
und nach der Frucht schon will ich greifen,
die der Vollendung erst geziehm.*

*Doch wo ein Herz sich hat erhoben
und ringt mit des Verstandes Macht,
da hilft kein Bitten und kein Toben
erst mit dem Kampf endet die Schlacht.*

*Wenn der Verstand sich dann muss beugen
und das Herz sich frei erhebt,
so wird der Liebe Kraft bezeugen,
dass stärker sie der Zukunft lebt.*

Die gebeugten Herzen fanden zueinander; ganz ohne Verstand wussten sie einer Liebe Kraft zu bezeugen.
    Und endlich kam der Kuss.

Du seist gegrüsset

Danach tapezierte Albert die halbe Schweiz; im Akkord schlug er weitere Rekorde. Als Akkordant verdiente, wer schnell war, viel Geld, und Geld macht frei. Albert tapezierte sich in die Freiheit; er wollte mit Sophie alles leben, er brannte darauf, er wollte sie ganz, nicht nur küssen. Und mein nichtiges Häufchen Staub im All bog ein in die Zielgerade.

Nach der Lehre war er zwar von der Polstereiwerkstatt Egger an der Schürgistraße in Schwamendingen angestellt worden, um mithilfe der alten Zupfmaschine wieder Rosshaarmatratzen aufzufrischen. Bald sprossen aber an den immer weiter wuchernden Rändern der Stadt Wohnblöcke in Haufen aus den Sumpfwiesen, die mit klein geblümten Tapeten den vom Land Hergewanderten ein wenig Heimat verhießen, und man schickte Albert hinaus.

Er wurde der schnellste Tapezierer weit und breit, wie es heißt. Vier bis fünf Zimmer am Tag schaffte er, und zwei bis drei Franken bekam er pro Quadratmeter, viel Geld. Er tapezierte nicht nur im gewöhnlichen Doppelschnitt, er war Spezialist für gestoßene Nähte. Das war die edlere Art, bei der man die Ränder der eingekleisterten empfindlichen Papierbahnen sauber nachschnitt und sie dann an den Wänden aneinanderstieß, exakt den Müsterchen folgend. Beim Doppelschnitt klebte man sie einfach übereinander.

Albert war kaum mehr zu Hause; er verdiente gut und reiste von Rapperswil bis Biel, von Gossau bis Bümpliz. Im Zug reiste er; den braunen Lederkoffer mit dem Kleinwerkzeug, der ein wenig wie ein Arztköfferchen aussah, und den Seesack mit den Habseligkeiten nahm er in das Zugsabteil. Das große Tapeziererwerkzeug gab er ab im Güterwagen – die beiden zweieinhalb Meter langen Bretter und die zwei Böcke, den metallenen Schneidladen für den Rasierklingenschneider, die Bockleiter, den Zwanzig-Kilo-Sack Fischkleister, den Kessel mit dem Kleisterpinsel und dem vom weißen Leim ein wenig steifen Übergewand. Er sagte immer Übergwändli, obwohl dieses Männergewand riesig war und übrigens nicht nach Fisch, sondern eigenartig weiblich roch. Fischkleister ist gar nicht aus Fisch; so heißt er nur, weil die Kleisterfabrik in Thalwil am See stand und im Logo einen Fisch hatte. Der Tapeziererleim wird aus Weizenmehl gemacht, darum riecht er ein wenig wie Brot und gut wie die Tapeten, die man aus Holz gewann.

Am Bahnhof lieh Albert sich einen Leiterwagen und ratterte mit der Leiter und den Brettern über Kopfsteinpflaster zum Baustellenplatz, wo er als Tapezierer in der Kette der Büezer, die sich in die Hand arbeiteten, seinen austarierten Rang hatte. Der Tapezierer kommt nach den Maurern und Bodenlegern, nach den Gipsern und Malern, nach den Sanitären und Schreinern und vor den Elektrikern.

Geredet wurde wenig in diesen wachsenden Blöcken, die einer um den andern und einer wie der andere aus der euphorischen Nachkriegslandschaft aufstiegen. Man pfiff, sagt Albert, man sang, fluchte und krampfte; man aß Landjäger und Cervelat, Bürli und Meitschibein, man trank Bier. Dann arbeitete man rasend schnell weiter, zehn Stunden am Tag, damit etwas hereinkam. Albert verdiente so gut, dass er beim Polsterer Egger kündigte und als Wanderakkordant frei sein und reich werden wollte. Damit er möglichst bald als Ehemann infrage kam. Er wohnte während der Woche in einem Löwen oder Bären oder Engel, weil es sich nicht lohnte, abends mit dem Zug von Rapperswil nach Zürich zu fahren; man hätte den ganzen Feierabend im Zug verbracht. Und hätte weniger von der Welt gesehen.

Du schreitest sicher mit der Masse
Im schönen Kleid von Kopf bis Fuss
Du gröhlst das Schlagerlied der Gasse
Dem neuen Tag zum Morgengruss

Erst wenn die Lichtreklamen gleissen
Fängt für dich das Tagwerk an
Du täuschest dir mit Sprüche reissen
Ein Leben vor, aus Schein und Wahn

Du kennst die Stille nicht, noch Ruh'
Du fliehst den Hauch der Einsamkeit
Und doch so schmerzend fühlest du
Du bist allein, so fern, so weit

Du bist wohl zum Genuss gekommen
Doch mit Ekel nur getränkt
Denn mit Hast wurde genommen
Was die Welt mit Liebe schenkt

Du weisst genau, es bleibt die Reue
Wenn der Genuss ist längst vergangen
Doch es treibt dich stets aufs neue
Denn zur Gier ward dein Verlangen

Meistens, wenn Albert auf einer Baustelle fertig war und mit dem Zug zu einer anderen wechselte, von Gossau nach Bern zum Beispiel, holte ihn sein neuer Kollege ab, auch ein Tapezierervagant, der für den gleichen Bauunternehmer arbeitete. Es mag ein Zufall sein, dass dieser Wandergeselle ebenfalls Albert hieß. Er war Deutscher und kleisterte am liebsten in Glacéhandschuhen. Beim letzten Kaiser war er als Hoftapezierer angestellt gewesen, bis dieser am Ende des Ersten Weltkriegs aus den Gemächern mit den Seidentapeten vertrieben worden war, in die dann später die bejubelten Dompteure und Schlächter des deutsches Volkes mit ihrem Wahnsinn einzogen. Handschuh-Albert avancierte gewissermaßen vom monarchisch unterdrückten Untertan zum völkischen Meldefahrer in Hitlers Teufelsreich, und aus jener Hölle rettete er nicht nur seinen Kopf und Kragen in die Schweiz, sondern auch einen Zündapp-Töff samt Seitenwagen.

Mit diesem Motorrad holte der deutsche Albert unseren Albert am Berner Bahnhof Bümpliz ab und transportierte ihn im Beifahrer samt den langen Läden zu den aufstrebenden Türmen, wo die beiden nun um die Wette klebten.

Beinahe wäre alles in Bümpliz den Bach hinunter beziehungsweise auf und davon gegangen über einen Ozean. Denn um ein Haar wäre Albert mein Vater mit Albert dem Tömpfahrer in die Welt hinaus geflogen und fort für immer. Der Deutsche machte ihm nämlich den Mund wässrig mit dem Plan einer Weltreise per Motorrad und Seitenwagen, die sie sich als Reisereporter und mit ein wenig Courage verdienen könnten. Er habe bereits Zusagen von Zeitungen, die sich auf ausgefallene Reportagen freuten. Und er erzählte Albert vom Fliegen. So begeistert erzählte er, dass Albert später mit schweren Tuchseglern von immer höheren Berggipfeln hüpfte und so sehr abhob, dass er um ein Haar sich selber und Sophie und uns aus den Augen verlor. Bis heute hallt die Begeisterung nach, mit der der deutsche Albert meinem Vater schilderte, wie er ennet dem Ozean mit einem Fallschirm samt Seitenwagentöff Pirouetten geflogen und dann vor einem busenstarken Publikum exakt im Heu gelandet sei. Er habe zur Veranschaulichung sogar Fotos gezeigt, vom Fallschirm und vom Seitenwagen und vom Heu, von Lederhelm und Töffbrille, von der Offenherzigkeit der hingerissenen Brasilianerinnen.

Aber Albert ließ den Deutschen ziehen und mit ihm die Versuchungen. Es muss ihn gekostet haben, nicht zu kosten vom Angebot der Welt, dem ich nicht hätte widerstehen können, und in Bümpliz ennet Örlikon weiterzukleben. Er ließ sein Alter Ego ziehen, und ich konnte einbiegen in die Erdumlaufbahn. So steht es nun geschrieben hier, und so stand es vielleicht längst. Er sollte Sophie zum Jauchzen bringen und zum Schimpfen, er sollte Kinder baden, er sollte kegeln, jassen, Cigarillos und Pfeife statt Aida rauchen, auch ab und zu Wein und Marc leeren über die Maßen. Er sollte nicht mehr und nicht weniger Geld anhäufen, als man brauchte, um anständig zu leben, und keinen Moment ans Notenzählen geben. Er sollte Werte schöpfen, die keine Ziffern haben. Er sollte von Kriegen in der Welt erzählen, von Bombensplittern, Gier, Hass und Wahn und von den Verheerungen großer Herden aus Schafen, Wildschweinen, Affen. Er sollte uns die nie vernarbenden Wundmale Europas zeigen, die Mahnmale, in einem klapprigen Toyotabus streng bewachte Grenzen weit im Nordosten überfahren und uns an Stacheleisengitter führen, auf denen stand ARBEIT MACHT FREI und hinter denen es schrie in alle Ewigkeiten. Er sollte mit dem Feldstecher dasitzen über dem See und Vögel beobachten, wie sie kamen und wie sie gingen, sie füttern und ihren Namen suchen, bis er selber fliegen lernte. Und in Wildnisse reisen sollte er, wo große Bären wohnten, die sich ihm zeigten, aber nichts taten, seine zitternde Frau mehr im Gepäck als neben sich. Er sollte stets schlottern im Wasser und ein wenig Angst davor haben und uns lehren, von Türmen zu springen und zu schwimmen und Aale nicht zu fürchten. Er sollte Mäuse überlisten, Drachen und Heißluftballons halten, damit wir sie steigen ließen, Schweinshälse über der Glut drehen und nicht verkohlen lassen, fischen und nichts fangen. Übersüßen Himbeersirup trinken und vom Tee Bauchweh bekommen. Bilder malen sollte er mit seinen Schutzbefohlenen, Puppen machen, Prinzessinnen, Räuber und Ungeheures in den prächtig genähten Kleidern von Sophie, und sie mit ihr tanzen lassen in dröhnenden Stücken, handgemalten Kulissen. Lachen sollte er, weil Sophie ihn zum Lachen brachte, und brüllend vor dem Radio auf dem Bauch liegen, wegen eines Balls, den dann alle sahen. Er sollte im dicken Schaum einmal in der Woche abwaschen und Verse durch die Küche jagen und mit Fellen oder Klebwachs an den Füßen Spuren in den Schnee legen, damit wir Gipfel erreichten. Schweigen können sollte er und uns in großer Steilheit an der Hand nehmen und dann wortlos glauben, dass wir das selber können. Er sollte unser Lexikon sein in den Decken unter Mond und Milchstraße und manchmal zugeben müssen, dass er es nicht verstand. Teleskop-Zeltstangen nur falsch zusammenstecken können sollte er und die Biersingerei hassen, aber uns gewinnen lassen im

Pingpong. Er sollte sich Freiheiten herausnehmen, stur sein und zornig und immer die Friedenspfeife gestopft in der Hosentasche tragen und ein Brummeln auf den Lippen, die er von Johann bekam. Unsere Abbitten annehmen sollte er. Er sollte uns in Kirchen mitnehmen, aber keine Gebete lehren. Käsefüße haben sollte er, wenn er vom Seckeln kam, wie er das Laufen nannte, und Freudenfeuer in den Saphiraugen und Sophie im Arm. Und uns den Unterschied erklären zwischen Mann und Frau und was sie im Innersten zusammenhält. Es wenigstens versuchen sollte er. Er sollte nie begreifen, warum Kinder erwachsen werden müssen. In Örlikon alt werden sollte er, mit Sophie und ein wenig tappend in Füßen und Kopf, wie Johann. Ein alter Großälter sollte er werden, der ein Leben lang jeden Moment da war, für die Kinder und die Kinder der Kinder und das Kind in sich. Einen Himmel aus Fleisch und Blut berühren sollte er. Und kein Jenseits. Mit Sophie, aus der alles wuchs.

Das wusste Albert aber alles nicht. Allein blieb er vorerst, und wie ein Verrückter tapezierte er Bahn um Bahn meine Landebahn und schrieb sich auf der Rückseite von geblümten Tapeten einen weiteren Traum von der Seele.

Komm mit, dich lockt und ruft die Welt
und tausend Stimmen flüstern dir ins Ohr
brich ab noch heut dein heimisch Zelt
bevor sich schliesst das weite Tor

Bleib da, was willst den Rücken drehn
Was kannst auf Ungewissheit baun
Hier ist ein Pfad, du kannst ihn gehn
Doch vor dem Tor nur Nebelfetzen schaun

Komm mit, kurz ist der Jugend Zeit bemessen
Und bald fällt hin die Kraft zur Tat
Drum bleib, ein sichres Brot zu essen
Wenn bald des Lebens Abend naht

Reicht mir die Hand, zur freien Wahl
das Spiel kann enden gut und schlecht
Ich geh! Gefallen ist des Würfels Zahl
Gott über uns, er gab das Recht

Ich bleib dir treu, zieh fort von hier
Lern kennen fremder Völker Land
Die erste Liebe galt ja mir
Ich halt als Pfand sie in der Hand

Albert sagt, er wisse nicht mehr, weshalb er nicht mitging und mit Albert ins Blaue fuhr, hinaus.

Im Löwen zu Bümpliz-Blumenfeld logierte er weiter mit anderen Wanderarbeitern, feierte die Abende, kegelte Baben und Kränze und jasste Schieber mit Einsatz. Er war ein ruhiger Kegler, der die Kugeln wie beim Pingpong ein bisschen quer, aber sicher ins Ziel brachte, und er war ein leidlicher Jasser und verdiente jeden Abend mehr, als er ausgab.

Allein in der Kammer dann träumte und reimte Albert und zeichnete mit weichem Tapeziererbleistift Sophies Gesicht nach einer Fotografie, die sie ihm verlegen schenkte, als er die andere wegwarf. Das Lächeln war darauf, das er für immer behalten wollte, obwohl sie vom Fotografen die eigentümliche Zahnlücke zwischen den vorderen Schneidezähnen wegretouchieren ließ, weil sie sich so dafür schämte. Wie für die Fülle, die ihn so beunruhigte, wie für die Nase, die sich beim Lachen bewegte, weshalb sich Sophie beim Lachen lange Zeit die Hand vor das Gesicht legte. Sophie hatte vieles an sich, was sie gerne wegretouchiert hätte, weil sie fand, dass es anders sein sollte, aber Albert liebte alles ganz genau an dem Platz und so, wie es war. Es reichte ein Leben, damit Sophie das glaubte.

Die Zeit ging ins Land. Albert der Deutsche hatte längst hunderte Male seinen Töff den Brasilianerinnen auf die Heubühnen geflogen, aber ich hatte noch eine Weile zu kreisen.

Es hat ein schmerzlich Bangen
Sich in mein Herz gelegt
Das oft mit heiss Verlangen
Oft fragend mich durchbohrt

Doch kein Wort sich findet
Es presst sich hart der Mund
Und die Angst es bindet
fester auf den Grund

Ach, würdest du nur sagen
Was ich schon lange ahn
Denn ich kann nicht fragen
Vielleicht aus falschem Wahn

Siehst du nicht die Frage
Die brennend mich verzehrt
und die mit jedem Tage
durch Liebe sich noch mehrt

Er rang sich nicht durch, stellte nicht die Frage; es war zum Verzweifeln. Aber immerhin blieb er standhaft, im Träumen wie im Wachen. Auch, als er sich eines Abends nach einem Tag mit fünf gestoßen tapezierten Zimmern in der Etagendusche des Löwen nackt auszog und seinen leimigen Leib unter der Brause einseifte, pfeifend, wie ich meine. Er blieb mannhaft stehen, als er jenseits des Vorhangs ein Flöten und Nesteln vernahm und dann eine hübsche und gleichfalls splitternackte Tochter erblickte, die sonst im Löwen zapfte und diente. Sie besorgte auch, das hatte Albert schon seit einer Weile vermutet, den Service in den Zimmern und habe ihm mehrmals das Leintuch zur Schlupffalle gebettet, in das man sich dann verhedderte.

Nicht im Geringsten sei sie erschrocken, als er durch den Vorhangspalt herauslugte, sondern schaute ihn mit einem Lächeln an, in das man sich mit Wonne gelegt hätte. Hätte ich das leibhaftig gesehen, ich hätte wieder gezittert, hätte ich als Nichts etwas gehabt, das hätte zittern können. Denn Albert wusste nicht, was er tun sollte. Er sagte aber beherzt: »Äh. – Es ist besetzt.«

Geraden Blicks habe die Maid den Fischgrat-Büha vor ihre hoch ansprechenden Spitzchen drapiert und die Backen breit auf Alberts Übergwändli gesetzt; weich und weit schlängelten die Schenkel ihm entgegen.

»Das Schild war auf frei. Ich kann warten.«

Es sei ein ziemlich gutes Angebot gewesen, obwohl Albert, das sei überliefert, nirgends hinblickte. Er kam nicht hinter dem Vorhang hervor, sondern fand die Fassung wieder; ich konnte aufatmen. Auch wenn man dem Aufrechten diesen süßen Moment der Liederlichkeit irgendwie gegönnt hätte und sich damit erneut verhindert vielleicht. Albert schickte das junge Weib zurück in ihren Schlag, rieb sich sauber und trocken, bis er beinahe blutete, und schrieb sich hinter die Ohren:

Freude und Schmerz
himmelwärts
Schleudert zurück
brennendes Glück
Entfesselte Triebe
ist das Liebe?

Heisses Verlangen
Schreckendes Bangen
Glühende Lippen
Schlagende Rippen
Wie Peitschenhiebe
Ist das Liebe?

Stets vergeben
Ein ganzes Leben
Frohes Tragen
Ohne Fragen
Blutend siege
Das ist Liebe.

Lange brauchte nicht mehr geblutet zu werden.

Es ist erstaunlich, aber ich vermute, die Jungfrau persönlich kam nun dem Lauf der Dinge zu Hilfe, damit es sich endlich beschleunige. Idas jungfräuliche Madonna, die von Schmutz Freie und Unbefleckte, die ewig schmerzlich Lächelnde, die alles mit Lust ins Leben Schießende und Sprießende stets hätte verhindern sollen; sie half nach. Vielleicht, so ist zu vermuten, war sie schon viel länger ein kräftig göttliches Weib und eher Sippenmutter als leidendes mageres Mädchen in schönen Gewändern und brachte also meinen Erzeugenden eine so potente Hilfe, wie man sie der geschlechtslos Kränkelnden auf Idas Kommode und auf den Werbeplakaten und Laufstegen einer Kirchenstifter- und Pfarrherrschaft, die wirkungsvolle Frauen zu fürchten schien wie den Leibhaftigen, nicht zugetraut hätte. Wie die große Schenkende hinter dem ihr übergezogenen Schleier vielleicht schon immer gern den wahrhaft Liebenden und am Herzblut Leidenden auf die Sprünge half.

Aber auch ein ehrlicher Italiener hatte seine Hände in meinem Schicksal.

Mit dem wilden Tapezieren verdiente sich Albert also die Ehetauglichkeit, Sophie erwehrte sich in der Zwischenzeit wacker aller welschen Fritzen, und in Örlikon stürzte Ida eines Tages auf dem Weg in die Kirche wie erwähnt. Sie lernte mit der schlecht verheilten Hüfte hoheitsvoll am schwarzen Stock humpeln, was aber den weiten Weg die Viktoriastraße hinunter sehr langsam und mühevoll ging. Darum beschloss sie, einen Teil der großen Scheine, die ihr der Italiener zurückgebracht hatte, weder für nickende Negerlein zu spenden noch zurück in die Fettbüchse zu legen, sondern ein Auto zu kaufen. Albert würde sie ab sofort ins Hochamt fahren. Albert, den sie kaum noch zu Gesicht bekam, würde sie fahren müssen, wenn sie ihn hieß. Und sie verfasste ein Schreiben, das sie dem Sohn vorlegte: *Ich, Albert Schwager, verpflichte mich hiermit, meine Mutter Ida Schwager geb. Silber jederzeit unentgeltlich mit dem ihr gehörenden VW in die Kirche zu chauffieren. Im Gegenzug darf ich das Fahrzeug benützen. Für die daraus entstehenden Kosten komme ich selber auf.*

Albert unterschrieb und war endgültig der rasanteste Tapezierer im Land. Und da den Tüchtigen die Welt gehört, wollte der Tapeziererhändler Horber am Berninaplatz ihm sein Geschäft übergeben. Wie für Bernasconi in Olten, der halb

Bern neu baute, hatte sich Albert auch für Horber am Berninaplatz verdingt, der die Ostschweiz tapezierte. In der Hitze des Gefechts hatte Händler Horber aber ein Herzinfarkt getroffen; seit längerem diktierte er die Geschäftsbriefe seiner Frau in die schwere Remingtonschreibmaschine auf dem Pfulmen des Ehebetts. Er bestellte auch Albert in sein Schlafzimmer. Und erkor ihn zu seinem Nachfolger.

Die Aussicht auf ein eigenes Geschäft ließ Albert sich endlich ein Herz fassen. Er machte Sophie einen Heiratsantrag. Und sie willigte ein, mit der Hand vor der Nase, wie man sich vorstellen kann.

Nun war noch der Berg Ida zu überwinden, der gebrochen, aber nicht kleiner geworden war. Damit meine Geschichte endlich zum Schluss und zum Anfang komme. Die gute Frau Madonna half weiter. Sie schickte eines Tages einen der Liebe und Freude Verbündeten – solche Gottesmänner gab es immer auch notabene – nach Örlikon, Vikar Hermannutz. Dieser neue Geistliche dachte anders als Pfarrer Kuster; er mischte sich gern unter die Jugend und hörte ihr zu. Er mochte die Frauen und freute sich an ihnen, nicht mehr und nicht weniger. Er mochte auch den jungen Tapezierer, dessen Nöte ihn immer häufiger in die Beichte trieben. Mit ungeheucheltem Rat von Mann zu Mann stand er ihm zur Seite. Und er mochte Sophie auf eine behütende Weise, wie der Seele Dienende das oft vermögen, und nannte sie noch Bohne, als sie die Bluse bereits einen Knopf höher schloss, bevor sie in den Beichtstuhl kniete.

Dass Sophie kurze Zeit später – nach meiner Niederkunft – wegen behaupteter Verschmutzung dieser Seele durch das in ihrem Leib empfangene Fleisch und Blut sechsundsechzig Tage lang die Herz-Jesu-Kirche und auch kein anderes katholisches Gotteshaus betreten durfte, konnte er nicht ändern. Noch durchdrang kein erleichterter Geist die vermauerte Kirche und entklemmte die mächtige Mannschaft dahinter und ihre Frauenfurcht.

Es war aber der Vikar hochselbst, der die glorreiche Idee aussprach. Man könne auch als guter Katholik das Nützliche mit dem Schönen verbinden. Dem Frommen frommen, das Heilige ehren und das Leben leben. Reisen. Man könne zum Beispiel stellvertretend für die nicht mehr so mobile Ida zur Madonna fahren und ihr huldigen. Eine Pilgerreise in den Südosten könne niemandem schaden und ins Auge gefasst werden. Lourdes. Eine heilige Reise nach Lourdes. Zu zweit. Zu zweit beten nütze viel besser als allein. In Idas Messe-Mobil.

Ich war in der Erdatmosphäre angekommen.

»Mutter, der Herr Vikar schickt uns nach Lourdes. Um für deine Hüfte und die Gesundheit zu beten. Wir sollten eine Pilgerfahrt nach Lourdes machen, sagt er, auch wegen der eigenen Sünden. Und für die Pfarrei Kerzen anzünden in der Grotte. Und das Auto nehmen, damit wir heiliges Wasser bringen.«

»So? Der Herr Vikar sagt das?« Eine bange Weile habe Ida mehr geschwiegen als sonst.

Dann wickelte sie den Rosenkranz um die Hände und murmelte: »Weleweg wird es recht sein. Wenn der Herr Vikar das sagt. So geht. Bring mir auch Lourdeswasser mit.«

Und also begann Albert in den Nächten von Hand neue Matratzen zu nähen und sie in den VW einzupassen, sodass man, wenn man die Autositze ins Freie stellte und sich ein wenig zusammenrollte, wie Albert sich vorstellte, auf dem Fahrzeugboden recht angenehm lag, sehr nah beieinander, rechts- oder linksseitig der langen Handbremse allerdings, die aus dem Boden aufragte. Obwohl Albert seinen ganzen Handwerkerverstand zusammennahm, war diese Bremse nicht aus dem Wagen zu schaffen.

Sie machten sich auf in den Süden, Sophie trug in den Locken ein gepunktetes Seidentüchlein und im Gepäck ein hauchdünnes Nachthemd, das ihr Hildi heimlich zugesteckt hatte. Albert brachte ein schwarzfeuchtes Birnbrot mit auf die Fahrt, das Ida ihm wortlos auf die Reisetasche gelegt hatte, neben die leere Flasche, in der das Wasser aus der Mariengrotte transportiert werden müsse.

In Genf besuchten sie den Bruder Hans, der noch dort arbeitete; es war das letzte Mal, dass sie ihn antrafen mit jenem Segen im Blick, der ihm so eigen war. Er würde seine weite letzte Reise kurze Zeit später antreten. Zu Alberts großem Erstaunen schlief der heilige Bruder Hans bei seiner Freundin und überließ den beiden sofort sein Zimmer. Nicht die geringste Trauer lag noch in der Luft; im Gegenteil, der süßeste Frühling lüftelte, aber die beiden waren sehr schüchtern in den fremden Räumen des vertrauten Menschen und das Warten so sehr gewohnt, dass sie nicht mehr als einen kleinen Gutenachthauch tauschten unter dem Kreuz des Wehen und Geschundenen, der an rostigen Nägeln hing. Hochgeschlossen und verpackt, Albert kariert, Sophie immerhin spitzenverziert, lagen sie nebeneinander, bedeckt vom größten Glück, der vorfreudigen Gewissheit.

Die nächste Station war Lourdes, an das sie sich kaum erinnern. Es geschah auch kein Wunder. Eine Geschäftigkeit habe über dem Ort gelegen und Leid. Viele stille Kranke auf Schragen mit riesigen Rädern wurden von da nach dort geschoben. Überall wurde gehumpelt und getappt, es wurden Opfer und Messen und Hilfsmittel bezahlt und Gebete gekauft, es wurde gewartet. Nie mehr seither habe Sophie so viele Elende gesehen, Ströme verzweifelter Menschen, fast so, als sei eines der Bilder aus den Kellern des Religionsunterrichts lebendig geworden. Es wurde gewispert und gewimmert, gestöhnt, gefleht und gehofft mit einer Inbrunst und Verzweiflung, die ansteckend schien. Sophie und Albert fühlten sich so fehl am Platz, dass es ihnen unerträglich war. In aller Eile sprachen sie in der hässlichen Basilika der schönen Empfängnis ein paar Ave-Maria, kauften Grottenwasser, das sie in die geweihten Flaschen füllten, spendeten einer nacktbrüstigen Fahrenden einen Fünfliber für das Kind auf ihrem Schoß, schrieben eine Karte an Ida und machten sich aus dem Staub.

Der Frühling war sehr mild; mit weit geöffneten Verschlägen rollte Idas VW Richtung Meer. Sophies Kopftuch flatterte im geheimnisvollen Duft von Orangenblüten, dessen Herkunft sie noch nicht kannte und auch nicht seine Verheißungen und dessen unstillbare Sehnsucht in der melancholischen Unternote sie noch nicht zu entschlüsseln vermochte, wahrscheinlich auch kaum wahrnahm. Nur eine gewaltige Freude ist überliefert. Die beiden waren still und über alles glücklich.

Eine helle Nacht sei es gewesen, im Schein der Venus und des Großen Bären mit seinem Kinderwagen. Am Ufer der Aude, die von den Pyrenäen herschäumte und mit der Zeit und dem Lauf der Dinge ruhig wurde und die Lichter von Carcassonne auf sich schaukeln ließ, bis sie ineinanderflossen – am Ufer des dunklen Stromes zogen Albert und Sophie die selbst genähten Matratzen unter der Bremse hervor, legten sie in eine Wiese und sich zueinander, besoffen inzwischen vom Blütenduft. Keine bösen Schlangen gab es, keine Mäuse, kein einziger Frosch störte sie.

Zum ersten Mal von einem Andern tief berührt, dösten sie in den Morgen hinein, tauchten in dem kalten Fluss und fuhren dann weiter in die Camargue, wo neben den verlassenen Bunkern der Weltkriege Flamingos rosa leuchteten wie die Erinnerungen an die verborgenen Gärten ihrer ersten zarten Nacht. Auf wilden Rössern ritten sie durch glühende Landschaften; Sophie vergaß ihre Angst vor Pferden, Albert hielt den Gaul am Zügel. Zusammen bestiegen sie die schnaubenden Tiere, lernten reiten, langsam.

Sie reisten durch ihr Glück, stiegen in kleinen Pensionen ab, nahmen immer zwei Zimmer, so ist überliefert, weil eins für Ledige verboten war, und zerwühlten am Morgen das Bett im anderen, bis es aussah wie jenes, das sie nach einer Nacht ohne Schlaf verschämt wieder aufgeräumt hatten.

Dann, im Schutz der Burg der Heiligen Mutter der Meere und unter dem weit geöffneten Himmel, lagen sie wieder im Freien. Sie begrüßten jeden leuchtenden Punkt des Großen Bären und freuten sich am Hervorstrahlen der Venus; sie lachten und feierten sich durch diese Nacht, bis sie nur noch Sterne sahen. Richtig schlecht sei ihr gewesen, sagt Sophie, vor Glück, nein vor Glückseligkeit.

Und aus liederlichen Lauten fügte sich ein ganzer Satz.

Sie ließen das Nichts sein, dann gondelten sie nach Marseille. An der weißen Canebière, wo in anderen Zeiten grüner Marokkaner in rauen Mengen umgeschlagen wurde, setzten sie sich in der Herrgottsfrühe in ein Straßencafé und bestellten Champagne glacé. Der Kellner brachte dem Tapezierer aus Örlikon und der Wurstwarenverkäuferin von der Krone Unterstraß einen silbernen Kübel und ließ den Korken in den schlafenden Boulevard und ihre Daunenblicke knallen. Dann schenkte er zwei schäumende Flöten voll und wünschte ihnen santé et plaisir, pour toujours. Sie ließen die feinen Gläschen klingeln und nippten das Gesprudel verlegen in die leeren

Mägen, die sie bescheidener mit einem Champagnerglace hatten stärken wollen, und Albert war froh, hatten sie in Lourdes nicht noch mehr Geld für teure Wässerchen verputzt.

Es reichte noch für die Heimfahrt, genau gesagt, sie kamen bis nach Biel. Dort gab es eine Panne. Die Bremse war kaputt, die Handbremse. Sie ließ sich nicht mehr lösen, sie war verklemmt und verbogen, und die beiden fuhren mit dem höllisch rauchenden Ida-Mobil in eine Garage. Der Mechaniker besah sich den Schaden und nannte einen Betrag, der am mediterranen Meer mit Geschäume verspritzt und versickert war; die beiden waren blank. Albert sah nur noch die Möglichkeit, den zukünftigen Schwiegervater als Bürgen zu erwähnen, der sei Patron mit eigenem Geschäft an bester Lage in der großen Stadt. Der Bieler Meister der Mechanik telefonierte dem Berner Fleischfachmann in Zürich, und der wetterte, das sei doch Idas alter Karren, den könne der Teufel selber abholen, und bürgte.

Und so, mit zur Not geflickter Bremse, kehrten Sophie und Albert aus dem Südwesten zurück in die Heimat, die ihnen vorkam, als seien sie dort noch nie gewesen. Allem Anschein nach kehrten sie gesegnet zurück, als hätten sie mit heiligen Wassern und Säften die Geschichte getauft, die dann nur noch ihre Sätze finden musste. Sie ließen sich wieder in Örlikon nieder, und wenn sie nicht gestorben sind, so lieben und streiten sie sich heute noch.

III

KÄFERBERG

Amen

Nachdem der einzig geliebte Sohn gestorben, Albert verheiratet und Geschäftsinhaber, auch die Mädchen früh unter der Haube und der Jüngste im Ausland waren, setzte sich Ida in der Stube an der Hörnlistraße an den Tisch, den schwarzen Lackstock neben sich, das böse Bein in einen dicken Finken mündend, und spielte Eile mit Weile für den Rest ihres langen Lebens. Sie würfelte sich, wenn sie nicht in der Kirche war oder mit dem Rosenkranz beschäftigt, Feld um Feld vor und zurück bis in den Himmel. Mit sich und »dem Andern«, wie sie oft sagte. Wer dieser Andere war, musste nicht erklärt werden und wurde auch nie gefragt.

Ida blieb dem Körperlosen, der sich einmal in ihre Seele hakte, bis zum Schluss treu. Sie war mit ihm verbunden, nicht nur in der Kirche und vor der Kommode, sondern auch in jedem Moment des Alltags, als sei sie mit modernster Technologie Tag und Nacht mit ihm online. Sie murmelte ohne Unterlass, hielt Zwiesprache mit ihm; ich stelle mir vor, sie erreichte ihn, wo sie gerade war, klagte ihm und bekam von ihm jeden Trost, den sie brauchte, ein perfektes Gegenüber. Es genügte dieser zurückgezogenen und unerschütterlichen Frau der

Rausch bedingungsloser Bejahung und Erlösung in einem Geist, der nie als ganzes Wesen in ihr Leben stieg, ihr aber stets verheißen war. Sie war Er in ihr. Er war sie, aus ihr selbst. Es scheint, dass Ida nie einer irdischen Kraft begegnete, die ihr ebenbürtig war. Etwas, das stark genug gewesen wäre, dass sie sich hätte öffnen und ein wahres Gegenüber finden können, statt in Gebeten immer aus sich selbst zu schöpfen. Wie hätte ich ihr die Verbundenheit gewünscht, die Energie zwischen starken, einander zugewandten fremden Polen.

Ida saß in der Stube wie ein Buddha, ihr Fleisch wurde viel, bevor es wegzutrocknen begann, und ein Lächeln lag auf ihrem Gesicht, das nicht der Freude zu entspringen schien, sondern der Leere. Sie hatte ihren Körper auf einen Stuhl geparkt und schien zu warten, dass er den Geist endlich aufgab und das Herz fliegen ließ.

Wenn Ida nicht mit »dem Andern« spielte, kochte sie ihrem irdischen Trabanten Suppen aus Kartoffeln mit Schnittlauch darauf, die dieser schweigend schlürfte. Johann war fast ganz taub geworden, er schwieg, wie Ida, wenn er zu Hause war, blätterte nach dem Essen im Gratisblatt der Stadt Zürich, weil die Neuen Zürcher Nachrichten dem Blick Platz gemacht hatten und eingegangen waren, und verschwand bald wieder in Alberts Tapetenlager. Nach dreißig Jahren MFO unten im ehemaligen Sumpf war er aufgestiegen zum Magaziner im Geschäft des Sohnes am Berninaplatz, auf das er stolzer war als der Sohn. Do–do–do, do–do–do, tönte es, wenn er irgendwo auftauchte, und immer kam ein Lächeln mit, das einen auf die Wange küsste und samt dem Gebiss ein wenig nach vorn verrutscht war, sodass sich aus dem S ein D formte. Do–do–do begleitete Johann wie ein zufrieden im Dreiklang klopfendes Motörchen, und er trug es überall herum, außer wenn sich Uniformen in seine Nähe wagten und er zu bellen begann. In seinem alten Hirn waren Uniformen zu dem geworden, was sie für ihn meistens waren, Zeichen von Macht und Begünstigung und einer möglichen Gefahr.

Ansonsten war er zum kleinen Herrscher im Geschäft des Sohnes avanciert. Alberts Tapetenmagazin im Untergeschoss war Johanns Reich. Dort schrieb er die Gebote und die Holzregale an, dort galt die Ordnung, die er bestimmte, dort wurden die Schnurreste nach seiner Façon zusammengebunden – zuerst um Daumen und kleinen Finger gewickelt, dann gefaltet und zu hübschen Mäschchen verknotet –, und die Bleistiftstümpfe wurden gesammelt und mit dem roten Sackmesser gespitzt, wie er es befahl. Kein neuer Nahtroller verschwand in der Werkzeugkiste eines Angestellten, ohne dass Johann seinen Platzwechsel absegnete, keine Cuttermesserklinge wurde ungestraft geklaut. Im Lager wurde auch das Pfeifchen Amsterdamer langsam und nach allen Regeln der Kunst gestopft, und es wurde gewartet und den Geschichten so lange zugehört, bis sie zu einem vorläufigen Ende kamen. Dann erhielt man das Gewünschte.

Mit den Segelohrantennen fing Johann in seiner glücklichsten Zeit nur noch auf, was er wollte; seine Zeit des Redens begann. Es brauchte eine abgebrühte Portion Unhöflichkeit, um ihm mitten im Geschichtenfluss zu entkommen, und so wurde der Gang ins Tapetenlager für Kunden und Angehörige zur Mutprobe. Meistens startete er mit der unzuverlässigen Post. Im Speziellen mit der Hirschwiesenfiliale, wo er für Albert das Postfach leerte und danach den Maitelis an den vier Schaltern auf die Finger schaute, damit sie die Briefmarken nicht schräg aufklebten. Dann knüpfte er die Schurken der Tapetenfirmen Salubra und Galban an den Galgen, die ihre

Bobinen mit den nun blümchenfreien simplen Raufasertapeten zu spät an den Güterbahnhof Örlikon schickten, wo die Uniformierten den Chef, seinen Sohn, respektlos behandelten. Weit holte er aus bei der Erwähnung eines jungen Schnuderi in kettenbehängter Punkeruniform und mit hochsteifem Hahnenkamm, der am Berninaplatz vor Johanns Augen einen Kaugummi auf die Tramgeleise spuckte, ihn aber dann, nach einer schönen Tirade, folgsam im Abfalleimer entsorgte, was man im Tea-Room Hofer gegenüber mit angehaltenem Atem verfolgte.

Fast immer hob er irgendwann ab zu weiten Reisen, die jemand mit dem Flugzeug gemacht hatte, um schließlich in einem schönen Bogen bei seiner großen Carfahrt zu landen. Mit der Firma Hafner hatte er sie unternommen, die hinter dem Haus am Hörnliweg eine Autogarage mit Carbetrieb eröffnete, in den verschwundenen Obstgärten des umgetauften Friesenbergs. Im Dachgeschoss des Carunternehmers verdämmerte der letzte Gotthardpostillon und schaute den ganzen Tag aus dem Mansardenfenster, und Johann Schwager aus Örlikon nickte ihm zu, wenn er do–do–do im rehbraunen Mantel zu seinem Sohn ins Geschäft marschierte. Die große Carreise hatte ihn zu einer Königin des Nordens geführt. Einer echten richtigen Königin, die ihm die Hand – diese Hand hier – einmal geschüttelt habe. Und immer schwamm Johanns Blick davon, wie der von Ida bei der Erwähnung des Jenseitigen.

Albert entwickelte, wenn es um seinen alten Vater ging, Nerven wie Seile und eine Güte, die er nicht an sich kannte, wie er sagt. Mit Herrenhandtäschchen, Kinnbart und taillierten Synthetikhemden über der erstarkten Mannestaille war er ein Chef mit Stil und beriet Kundinnen in Fragen der zeitgemäßen Wand-, Boden- und Fensterbekleidung. Man tapezierte noch eine Weile Plastik und kurz darauf gar nicht mehr.

Dass Sophie, die viermal in fünf Jahren Mutter und bald Filialleiterin wurde, dem herantappenden Do-do-do kein einziges Mal auswich und Jahre ihres legendären Willkommenherzens auch dem alten Vater schenkte, mag zu seinem kleinen Himmel auf Erden beigetragen haben. Es heißt ja, die dreißig Jahre als pensionierter Mitarbeiter im Tapetengeschäft seien Johanns glücklichsten gewesen. Warum er sich vom Verdienst, den Albert ihm bezahlte, außer ein Tschumpeli Merlot oder Magdalener in MetzgerhalleRosengartenZürcherhof nichts gönnte, nichts, und sich auch weder eine neue Brille noch ein Mäntelchen anschaffte, löste sich erst kurz vor seinem Tod auf. Ida murmelte zufrieden weiter, wenn er aus dem Haus war. Ab und zu humpelte sie in die Küche und buk ein Birnbrot, und wenn Besuch kam, schnitt sie es in rechten Scheiben auf. Manchmal war es ein wenig grau, weil nicht oft Besuch kam. Ich will es sagen: Ich liebte Ida. Ich war auf die Erde gesegelt und hatte die Großmutter sofort gemocht und angefangen, sie an der Hörnlistraße zu besuchen, sobald ich gehen konnte. Obwohl sie, wie es heißt, mehrmals nachzählte, ob ich vor der Zeit und daher sündigen Fleisches sei. Ich war angezogen von ihrem Geruch nach Kampfer, Klosterfrau Melissengeist und Kirche, von ihrer Einsilbigkeit, ihrem Lächeln und dem Rätsel, das dahinterhockte, und vom edlen schwarzen Stock. Ich liebte das modrige Birnbrot, das sie mir immer in viel zu dicken Scheiben schnitt und mit Butter beschmierte, die ich nur bei Ida aß; ich liebte es, dass sie das Ruchbrot bekreuzigte, bevor sie es schnitt, und dass sie manchmal Zucker auf die Butter streute, was zu Hause verboten war. Ich liebte ihre abgeschabten Heiligenfiguren, die meine Eltern als Kitsch verteufelten, den Rosenkranz in ihren Händen und die Hocherhobenheit in ihren unablässigen Gebeten. Ich liebte auch die rostige Dornenkrone und das moorige Wasser in der verzierten Flasche, das nicht zum Spielen, sondern aus Lourdes sei, wie sie ernst erklärte, bevor sie es versorgte im Nachtkästchen, wo wir es wieder fanden, heimlich öffneten und als Mutprobe daraus tranken, später, als wir schon einige waren. Ich liebte ihre langen Haare; wir durften sie öffnen und kämmen. Und von Anbeginn rührten mich ihre winzigen, ein wenig schmatzenden und schüchternen Küsschen an, die sie uns auf die Wange setzte, kaum fühlbar und so, als sei es das erste Mal, dass sie ihren Mund, wie ein Kind, zu einem Küsschen formte.

Auch mochte ich ihre Kleider, ihre tiefmeerblauen und selten zart geblümelten Röcke aus Stoffen, die um die Beine strichen wie feine Hände. Ich trug sie lieber als die Bluejeans, auf die ich stolz war und mit denen ich bis zuoberst auf die Bäume kam, ohne Puppen. An der Hörnlistraße trat ich in Idas wogenden Röcken als Königin oder Räuberbraut ins Freie, wo es keine Kinder mehr gab, und versteckte mich hinter den moosigen Steinen, auf denen sich vielleicht ein abgekämpfter Held auf der Durchreise niederlassen mochte und auf denen ein paar Buben einst Wundverbände strickten, was ich nicht wusste. Erst als eine schimpfende Nachbarin das Unfug treibende Geschöpf in den zu großen Kleidern wieder ins Haus brachte, schob mich Ida zurück in die Wohnung und sagte: »Gehst besser nid ase use.« Ich ging trotzdem immer wieder so hinaus, und Ida wusste es, und die Nachbarin wusste es meistens nicht. Alles an der Hörnlistraße war mir Heimat und fremd und lieb.

Nur das Eile mit Weile liebte ich nicht. Weil man im Eile mit Weile gegen Ida nur verlieren konnte.

Wir wurden groß und kamen nicht mehr. Und eines Tages hatte Idas Sitzen und Warten ein Ende. Das böse Bein versteifte sich in der Hüfte weiter, so sehr, dass sie nicht mehr stehen, noch gehen, noch sitzen konnte; es ließ sich kaum mehr etwas bewegen. Sie musste zur Pflege ins Heim, auf den Käferberg, wo die Alten aus Örlikon hinkamen, wenn es Zeit war. Das Käferbergheim lag auf der besonnten Seite des Hügels, auf dessen schattigerem Teil auch das Nordheim liegt, wo hin und wieder aus einem langen Kamin ein Räuchlein aufstieg. Man sah über die Stadt in den ewigen Schnee und hinüber zur Lichtung, wo die Frösche weiterquakten und Johann vorbeiflanierte, und zur Linde beim Bänklein vor Büchners Grab. Dahinter war der große Wald; er stand und schwieg.

Für den uralten Johann gab es noch keinen Platz am Käferberg, er wollte noch nicht stillsitzen. Und so wurde er in den Hinterthurgau gefahren. Zur Kur, nach dem Dorf Dussnang, das hinter Itaslen liegt und vor Fischingen mit dem Grabmal der heiligen Idda. Meine Tante brachte ihn im Auftrag der besorgten Familie. Man war zur Überzeugung gelangt, man könne den alten Mann nicht allein lassen, und Ferien in der Heimat würden ihm gefallen und richtig guttun. Johann wusste nicht recht, wie ihm geschah; er war beinahe taub. Auch Ida zeigte auf die Entscheidung keine besondere Reaktion, sie sagte nur: »Dasch weleweg scho recht.«

Was heißen mochte, es ist nicht wichtig, welchen Weg man nimmt, es wird der richtige sein.

In Dussnang war später Herbst, als Johann ankam. Es heißt, er war den ganzen Tag am Spazieren. Ich stelle mir vor, wie er in der ewigen Dämmerung oft allein und schweigend und ohne etwas zu hören die Murg entlangstapfte, hinauf Richtung Grab und Iddaburg in den Rabensteinerwald hinein, manchmal Richtung Bichelsee und Itaslen durchs lichtere Tälchen, das sich nicht verändert hatte und ihm trotzdem elend fremd vorkam. Aale sah er keine mehr. Die Aale waren alle fort, und sie kehrten nicht wieder.

Mein Großvater hatte einmal gewusst, wie man sie fing, was ich nie lernte. Wo sie herkamen und wo sie hingingen, hatte er zeitlebens nicht gewusst. Ich weiß es nun ein wenig, weil es meine Tochter im Biologieunterricht erfuhr.

Aale waren nicht als Aale geboren, sie wurden es. Als kleine wasserklare Weidenblättchen tauchten sie auf, in der Sargassosee am Eingang zum großen Golf von Mexiko, in den die Sucher des schwarzen Goldes tiefe Löcher bohren jetzt und wo der gewaltige Ozean in einem Wirbel stehen bleibt und dann die Richtung ändert. Die Gegend, in der die kleinen Aale erschienen, heißt auch Bermudadreieck. Noch farblos schwaderten die Weidenblättchen Richtung Nordosten, getragen vom warmen Strom und mit dem einzigen Plan, zu wachsen und sich zu verändern. Nach drei Jahren kamen sie als Glasälchen vor die Küsten Südeuropas, sie wandelten sich, gewöhnten sich vom Salzwasser auch ans Süße, von der Wärme auch an die Kälte und vom Wasser auch an Erde und Luft; dann schwammen, schlängelten und stiegen sie die Flüsse empor, überwanden alle Hindernisse und wanderten in den Hinterthurgau. Fraßen Frösche, Unken, Unterwasserleichen und alles, was der Erlkönig ihnen gelassen hatte. Bekamen große Bäuche und kostbares Fett. Waren sich schon Gegenpol und wussten es nicht.

Dann – wenn sie bis dahin nicht von Johann gefangen und von hungrigen Bichelseern verspeist worden waren –, nach fünfzehn Jahren, brachen sie erneut auf, silbergrau nun, zur zweiten großen Reise. Auf ein Zeichen, das außer ihnen niemand kannte, zogen sie fort, im Herbst, reif geworden, die Weibchen über einen Meter lang, die Männchen weniger groß, aber ebenso zäh. Sie hatten sich bis dahin nie gepaart, aber sie schwammen bereits zusammen auf der gleichen Bahn seit Anbeginn. Zurück zum Meer stiegen sie nun, Hunderte von Kilometer und über alle Hindernisse, hinunter zum Ozean, und wollten dahin, wohin es sie rief und von wo sie als Andere hergekommen waren. In eine Heimat, in der sie noch nie waren. So war es während Abertausenden von Jahren.

Mit Futterjagen verplemperten sie auf dieser Reise keine Zeit, sie aßen nichts, nie mehr, ihr Ausscheidungsorgan bildete sich zurück. Stattdessen wuchs ihnen eine neue Fähigkeit. Sie wurden reif für einen anderen Aal; es wuchs ein Drang in ihnen, der jedes Hindernis überwand. Sie wollten etwas finden, das unterwegs war und gefunden werden musste.

Alle Aale gingen zurück zur Sargassosee, wo sie hergekommen waren, fünftausend Kilometer gegen den Strom, zweitausend Meter unter der Grenze zwischen Wasser und Luft, zwischen Licht und Dunkelheit; sie schwammen eineinhalb Jahre lang. Ohne etwas zu sehen und ohne etwas zu hören, wanderten sie der Nase nach; die Nase wies ihnen den Weg.

Wenn sie die Heimat erreichten, kam die große Hochzeit. Sie kam, wenn sie die Hindernisse überwunden und ihrer Nase vertraut hatten. Sie kam, wenn sie den Anderen aufspürten. Nicht alle kamen zum großen Fest. Es hieß, den richtigen Weg finden in der kurzen Frist, einen alten Seelenverwandten wiederfinden, bevor die Zeit ablief. Aale paarten sich einmal, sie vermischten sich genetisch kaum, sie vermählten sich mit alten Bekannten, die mit ihnen eine so weite Bahn gezogen hatten, unerkannt.

Dann verschwanden sie, im gigantischen Malstrom der Sargassosee, dem Teufelsdreieck, wo, wie behauptet wird, fliegende Holländer erschienen und auch Flugzeuge verschwanden. Niemand weiß, wohin die Tiere gingen. Es heißt, dass sie nach der großen Vereinigung starben.

Aber nie, kein einziges Mal, hat ein Mensch bisher den Ort erblickt, wo die grauen Aale vergingen und die glasklaren erschienen. Sogar Jacques Piccard, der Unterwasserflieger, der die Alten mit Sendern bestückte und ihnen bis zum Kontinentenrand folgte, sah sie nur verschwinden. Die Aale hängten alle ab und tauchten in Tiefen, aus denen kein Signal mehr drang. Sie schienen sich aufzulösen, in Nichts.

Die Kinder ihrer Hochzeit blieben allein zurück und machten sich, wenn die Zeit gekommen war, im warmen Strom auf die Reise. So war es seit jeher gewesen.

Aber dann kamen sie nicht mehr. Und weit im Südwesten, wo die Sonne unterging, breitete sich aus gebohrten Löchern eine Schwärze aus, als dränge sie aus der Hölle.

Johann wanderte den Bächen entlang und fand sie alle leer.

Nach einer Woche besuchte meine Tante Johann in Dussnang wieder, und sie kam im allerletzten Moment. Die Aufregung und die vielen Do-do-do, die er nirgends mehr hingeben konnte, hatten seine Lungenflügel verstopft. Sie füllten sich mit Wasser, und der greise Mann wäre beinahe gestorben. Ertrunken in einer Traurigkeit, von der niemand Notiz nahm. Die Tante packte den alten Vater wieder ins Auto; sie brachte ihn zurück, zu Ida, auf den Käferberg. Dort brach es aus Johann heraus. All das salzige Wasser des alten Lebens lief in Strömen über seine Wangen. Er wackelte auf seine Frau zu, umarmte sie und rief – immer wieder habe er gerufen: »Ida! Liebe Ida. Wir müssen doch zusammen sein.«

Ida stand sehr aufrecht. Sie stützte sich auf den schwarzen Stock, sie stützte sich nicht auf den Mann, und lächelte fern, so ist es überliefert. Sie stand einfach da, ohne eine Regung, da war nichts, was sie hätte zeigen können. Meine Tante sagt, es sei seltsam, aber in diesem Moment habe ihr die Mutter zum ersten Mal sehr leidgetan. Als sie so dastand, vor dem weinenden Mann, wie versteinert.

Schließlich bekam Johann dank der Kinder eine Ausnahmeerlaubnis und durfte bei ihr bleiben im Heim, in einem Männerzimmer. Die Wohnung an der Hörnlistraße wurde aufgelöst; man begann mit Aufräumen. Ida hatte meine Tante darum gebeten, und mehrmals habe sie gesagt: »Pass auf die Fettbüchse auf. Sie ist im Keller bei den Kartoffeln unter Johanns Scheitstock. Bring sie mir, wenn so gut bist.«

Als sie mit Scheu und sich ankündender Trauer im Schlafzimmer der Eltern stand, den schweren Schrank öffnete und die so fremd vertrauten Stücke berührte, sei überall Papier hervorgerutscht. Noten, Hunderter, Tausender. Meine Tante tat sie in einen Plastiksack und rief die Geschwister an, weil sie befürchtete, wie sie sagt, sie sei von allen guten Geistern verlassen. Gemeinsam gingen sie durch die Wohnung, und wo sie etwas Verschlossenes öffneten, kam ihnen Geld entgegen. Selbst hinter der abwaschbaren Tapete, die sich da und dort löste, steckten Scheine, gar nicht zu reden von den Linsen-, Mehl- und gestriften Zichorienkaffeebüchsen, wo in Plastikbeutelchen halb vergammeltes Geld steckte. Auch unter dem Gewand des Erlösers und seiner lächelnden Mutter war ein Teil von Idas Schatz. Zuletzt stiegen sie in den Keller und fanden die rostige Büchse, im Boden vergraben. Sie enthielt ungeheuer viel Geld, wertloses Papier. Und Johanns Brieflein.

Idas Schatz war im Keller vermodert.

*

Im Käferbergheim wollte es Johann noch einmal versuchen. Vielleicht pochte er auf sein Recht. Vielleicht war es sein Herz, das darauf pochte, ein letztes Mal. Er ließ keine Ruhe und entwickelte eine Widerstandskraft, die alle aufscheuchte. Johann ließ sich nicht mehr einfach wegkomplimentieren. Von der Heimleiterin war ihm zuerst beschieden worden, es sei absolut kein Bett frei. Idas Zimmer sei in der Frauenabteilung, es sei ein Frauenzimmer, und Johann gehöre hinunter, zu den Männern. In ein Frauenbett könne sich kein Mann legen, auch kein Ehemann. Zudem sei sowieso alles besetzt. Ehezimmer gebe es keine mehr, die seien derart rar, weil die Männer neuerdings so alt würden.

Johann ließ nicht locker; Ida schwieg und murmelte oder stritt mit ihm auf den Stühlen im langen Heimkorridor. Bis die Kinder sich einschalteten, das sei doch ein Ehepaar. Die gehörten doch zusammen jetzt, nach über sechzig verlebten Jahren, zusammen ins gleiche Zimmer. Es war ein Kampf, den Johann schließlich gewann. Er konnte umziehen, zu den Frauen, in Idas Raum.

Ich stelle mir vor, sie hatte sich ein letztes Mal in ihr Schicksal ergeben und lächelte leer.

Es kehrte keine Ruhe ein. Mitten in einer Nacht, im Winter 1991, fegte ein Sturm durchs Käferbergheim. Ida läutete, sie schellte und sie schrie dazu, wie am Spieß habe sie geschrien. Hinter dem Eisengitter saß sie im Bett, mit aufgelöstem Haar, das sie wie ein Eisbach umschäumte. Das Nachthemd war über die Schultern gerutscht und ließ die schneeweißen Brüste sehen.

Johann stand im Pyjama neben ihr. Ich stelle mir vor, mit hoch geröteten, mit zärtlichen Ohren.

Ach, Ida.

Dann begann er hochdeutsch zu sprechen. Vielleicht deklamierte er das Gegrüßt rückwärts als letztes Geschenk an die Frau.

Und ging.

*

Und eine Weile ohne Eile später legte sich nur noch die große Nacht auf Ida. Nichts ohne Sterne und kalt, wie die Nächte in den Ewigkeiten sind. Ich wünschte ihr Engel darin, Engel mit flammendem Schwert, die ihr den Weg weisen heim zum Thron, in dem sie ihren Erlöser findet. Nackt und bloß, wie etwas sie schuf.

Ich wünschte, dass der Einsame aufsteht. Dass er sie kommen heißt, willkommen heißt. Dass sie zu ihrem Traum auf den Thron steigt und sich niederlässt auf seinem Schoß.

Himmel, ich wünschte, dass die Unverbesserlichen endlich zusammen lachen. Aus dem Nichts in ihrer Mitte ein schönes Feuer machen. Dass der Thron auch zwei hält. Sie ihn küsst, er sie löst, sie sich umschlängeln und verschlingen. Leibhaftig eins im Anderen, unvollkommen, ganz

in Ewigkeit,

Nachbemerkung

Ich sammle Geschichten. Die Wahrheit einzusammeln, bilde ich mir nicht ein. Im besten Fall kommt sie mit und versteckt sich im Stoff. Die Geschichten gebe ich so wahrhaft wieder, wie ich kann. Trotzdem ist das Bild, das aus ihnen entsteht, meine Sicht der Dinge. Und die der Lesenden.

Die Figuren in diesem Buch sind nicht authentisch, aber so lebenswahr wie möglich. »Meine Tante« ist nicht meine Tante, sie ist eine Figur. Sie trägt Geschichten, die mir in der Familie erzählt wurden. Auch Pfarrer Traber ist in Geschichten gekleidet, die mir über ihn erzählt wurden, und er trägt sie, davon bin ich überzeugt, mit himmlischer Gelassenheit. »Albert« ist nicht mein Vater, »Sophie« nicht meine Mutter; sie könnten es sein, sind aber Figuren, die mit einem Stoff auf Wanderschaft gehen, wie »ich«. »Ida« und »Johann« mögen meine Großeltern väterlicherseits verkörpern; ob sie es sind, weiß ich nicht. All die Stoffe habe ich geschenkt bekommen oder gefunden, nicht erfunden. So gut es ging, habe ich sie geformt und vernäht rund um die Konturen jenes Unfasslichen herum, das in den Dingen schläft und in den Geschichten. Und das unter der Last von reinen Fakten nie zu singen anhebt.

Wenn in »Ida« etwas leise singt, was nicht geschrieben steht, bin ich glücklich.

Dank

Ich danke der Kulturstiftung des Kantons Thurgau, der Pro Helvetia und dem Kanton Zürich für den Preis und die schönen Überraschungsgaben, die mir Zeit und Raum verschafften.

Ich danke der Stiftung Kartause Ittingen für die Kartause, in der die feinen Gespenster noch nicht frisiert und hinausgeputzt wurden und wo ich lustige und traurige Abende unter anderem mit Hans Krüsi verbrachte, der immer noch auf eine würdige Unterkunft wartet.

Ich danke den Buchhändlerinnen und Buchhändlern, dafür, dass sie Leidenschafts-orientiert weitermachen und dem Träumen und Schäumen zwischen Buchdeckeln in die Welt helfen.

Ich danke Oswald Betschard, dem ehemaligen Pfarreileiter in Bichelsee, der mir mit Umsicht vieles erklärte und mit großer Hilfsbereitschaft die Totenhefte von Pfarrer Traber zur Verfügung stellte. Diese Hefte warten, wie die vielschichtige Persönlichkeit des Geistlichen, auf eine überkonfessionelle historische Würdigung.

Ich danke der Verlegerin Gabriella Baumann-von Arx, in deren Professionalität ein reinfeingoldenes Herz den Ton angibt, und ihren wunderguten Geistern, die weit Dringenderes stehen und liegen ließen und das Unmögliche für mich möglich machten.

Ich danke Rosa für die Treue, ich danke Vera und Pierrot, die mich im Süden ihrer Herzen immer wieder wärmen und beherbergen.
Ich danke H, für die Musik und das reine Glück, das sie ist.
Ich danke M. Ohne Worte, die stets zu wenig sind.

Zuallererst aber verneige ich mich tief und mit der ganzen Kraft einer fleckenreichen Seele vor jenen – ausnahmslos allen –, die dieses Buch gelebt haben und es mir überließen.

In Südfrankreich und am Sihlsee 2009/10